AF189153

ÜBRIGENS.......

Otto Rüegg

Vorwort

«Was mir auffällt und dazu einfällt», d.h. meine Gedanken zu den verschiedensten Themen.

Die Rapperswiler-Geschichten aus dem letzten Jahrhundert musste ich aufschreiben, aus Nostalgie und auch, um diese wachzuhalten, für Menschen, die sich noch an diese Zeit erinnern können.

«So nutzlos können doch Militärmusiker gar nicht sein».….. sind Erinnerungen an meine Militärdienstzeit. Auch hier gilt: «Was mir auffiel und dazu einfiel»

Übrigens….: Einige Geschichten sind 100% Wahrheit und Realität (ohne Fantasie) einige sind nicht ganz 100%!

Bibliografische Information der Deutschen Nationalbibliothek:
Die Deutsche Nationalbibliothek verzeichnet diese Publikation
in der Deutschen Nationalbibliografie; detaillierte
bibliografische Daten sind im Internet über http://dnb.dnb.de
abrufbar.

Herstellung und Verlag: BoD – Books on Demand,
Norderstedt

ISBN: 978-3-7448-4903-6

Inhalt

1.0. RAPPERSWILER-GESCHICHTEN

Der Hintergass-Kari

Er heisst Karl Domeisen

Auf die Welt gekommen am Südhang des Schlosshügels zuunterst an der Hintergasse. Sein Vater war Schmied und Schlosser. Wo es etwas zu schmieden oder zu schweissen gab, rief man den „Schlosser-Domise". Pferde beschlagen, Wagenräder bereifen, Geländer schweissen, aber auch geschmiedete Kunstwerke wie Leuchter, Tore und Balustraden waren sein Tagewerk. Er war ein geschickter Handwerker. „Das geht nicht, gab es bei ihm nie. Entweder er reparierte „es" oder schuf etwas gleichwertig Neues.

Domeisens Frau, Karls Mutter war eine geborene Züger aus Altendorf. Eine ruhige, gescheite, fröhliche Frau. Wie der Domeisen aus Rapperswil diese Frau aus der March entführen konnte, ist ein Rätsel. Die da drüben in der March hatten es nämlich gar nicht gerne, wenn die Herren aus Rapperswil in ihren Gegenden auftauchten und die schönsten Mädchen entführten. Manch einer hatte solche Versuche schwer büssen müssen. Nun dem Domise ist die Entführung gelungen.

Wie er das geschafft hat, bleibt ein Rätsel und geht uns auch nichts an. Es muss aber ein ganz spezieller Trick gewesen sein, denn die beiden schmunzeln geheimnisvoll, wenn man sie darauf anspricht, verraten aber nichts.

Vor und hinter der Werkstatt an der Hintergass war immer etwas los. Wenn Pferde beschlagen wurden, hörte man das Wiehern der Tiere, das Schlagen der Hufe auf dem Steinboden, das Zischen des heissen Eisens im Wasser, das toc-toc-toc beim Nägel einschlagen. Der beissende Geruch von verbranntem Horn verströmte sich weit herum beim Anpassen des heissen Hufeisens. Zu diesem Geruch gesellten sich noch weitere Düfte, Pferdeschweiss, Leder, Mist, Feuer, Rauch, eine wahre Gerücheorgie erfüllte die Hintergass an den Pferdetagen.

Diese Gasse war wohl auch deswegen einer der belebtesten Plätze in Rapperswil. Bauern, Handwerker, Fuhrleute, Knechte und natürlich immer viele Kinder belebten sie von früh bis spät. Auch vornehme Leute verkehrten bei Domeisen: Ärzte, Bankdirektoren, Geschäftsleute, Pfarrherren. Sie kamen nicht ihrer Pferde oder Wagen wegen. Nein, sie wollten ein schmiedeisernes Tor am Eingang zur Villa, ein kunstvolles Gitter vor dem Kamin, einen Kerzenleuchter in der Kirche oder eine exklusive Einfassung der Terrasse. Das waren dann die Küraufträge für Domeisen. Da zauberte er die tollsten Konstruktionen aus Flach- und Rundeisen hervor. Wahre Kunstwerke entstanden unter seinen geschickten Händen.

In dieser Betriebsamkeit bei Domeisen an der Hintergasse fiel gar nicht auf, dass da immer auch ein Junge anwesend war, der Kari Domeisen.

Er fiel nicht auf wenn er anwesend war. Jeder vermisste ihn und fragte nach ihm, wenn er nicht da war. Das lag an seinem eigenen, speziellen «Anwesendsein». Er nahm nicht wirklich aktiv am Geschehen teil. Er sass meist auf der kleinen Mauer, die den Platz zur Gasse hin abgrenzte. Hier war sein Stammplatz mit Übersicht über das ganze Geschehen. Dieses schien ihn nicht sonderlich zu interessieren. Aber es beschäftigte ihn, im wahrsten Sinne des Wortes. Es entging ihm nichts, was eine helfende Hand erforderte. Lief dem Vater der Schweiss übers Gesicht, war Karl mit dem Handtuch da, eine Sekunde bevor der Vater sich den selbst abwischen wollte. Fiel ein Werkzeug zu Boden, hob er es auf, legte es dahin wo es hingehörte. Der, der das Werkzeug brauchte, merkte gar nicht, dass es einen Augenblick zuvor noch gefehlt hätte. Verhedderte Leinen und Seile an den Fuhrwerken entwirrte er bevor Schaden entstehen konnte. Nicht mehr benötigtes Gerät räumte er weg an den Ort wo es hingehörte. Karl war der stille Helfer, jederzeit und überall, ohne dass es jemand wahrnahm. Er hatte noch eine aussergewöhnliche Begabung, die nur seine Mutter bemerkte. Pferde können beim Huf beschlagen Angst bekommen und nervös werden. Steigen, beissen, schlagen, sind ihre Mittel dagegen. Das Gegenmittel der Menschen besteht meist in Anbrüllen, Schlagen, Sack über

den Kopf, Beine zusammenbinden und ähnlichem. Spritzen gabs noch keine. War Karl da, war

alles kein Problem. Er ging zum Pferd hin, hielt es mit der einen Hand leicht am Halfter. Die andere Hand hielt er zum Beschnuppern an die Lippen und die Nüstern des Tieres und sagte mit ruhiger Stimme etwas, irgend etwas. Das Pferd verstand es und wurde ruhiger. Wenn er dann noch mit der Handfläche sanft über die Augen des Tieres strich, war's aus mit der Angst. Das Pferd senkte den Kopf zu Karls Brust hin und war gelöst und ruhig.

Wer die Gabe hatte zu beobachten, sah auch, dass die Hunde und Katzen der Hintergasse immer in seiner Nähe waren.

Karl hatte Begabungen, die edel und gut, aber nicht gefragt waren. Seine Schulleistungen wurden als nicht gerade blendend beurteilt. Rechnen, Schönschreiben und Lesen, wurden nicht nur nach Können oder Nichtkönnen bewertet, sondern dienten auch als menschlicher Wertmassstab: brauchbar oder nicht brauchbar, guter oder schlechter Mensch. Mit den Lehrern im Herrenbergschulhaus stand er auf Kriegsfuss, immer und in jeder Beziehung. Kari verstand das System einfach nicht. Er verstand einfach nicht, warum ein Aufsatz, der inhaltlich doof aber schöngeschrieben war, bessere Noten erhielt, als ein Aufsatz der lustig und spannend war aber nicht so leicht zu lesen, der Buchstaben wegen.

Er verstand den Lehrer Kauter nicht, der die lustigen Geschichten des Franz Rusterholz mit seinem Rotstift dermassen verunstaltete, nur weil hie und da ein Buchstabe oder ein Satzzeichen zu viel oder zu wenig zugegen war. Oder weil einzelne Buchstaben sich einfach nicht an die vorgegebene Linienordnung halten konnten. Die langweiligen Banalitäten vom Armin aber, schöngeschrieben und eingerahmt, links breit, rechts schmal, fanden Kauters Bewunderung. Da hatte Kari seine liebe Mühe damit. Das Resultat: Schwacher Text, schön geschrieben = GUT – Guter Text, nicht schön geschrieben = SCHLECHT. Diese Arithmetik konnte und wollte er einfach nicht begreifen, geschweige denn akzeptieren. Solchen Typen wie dem Lehrer Kauter wehrlos ausgeliefert zu sein, ist schon hart.

Einen psychologischen Kleinkrieg der raffinierteren Art, focht er mit dem Lehrer Grüter aus. Nicht mal in Hauptfächern wie Rechnen, Sprache, Geographie oder Geschichte…. Nein auf einem Nebenschauplatz namens Gesang. Einmal pro Woche, meist in einer Randstunde, Samstag von 11 bis 12 Uhr z.B. war Singen angesagt. Karl sang eigentlich gern, er war sehr musikalisch, ohne dass es ihm bewusst war. Er hatte einfach seine liebe Mühe mit den Liedern, die bei Grüter gesungen werden mussten. „Im schönsten Wiesengrunde" – „Das Wandern ist des Müllers Lust"

– „La haut sur la montagne" und ähnliches, lösten bei Karl keine musikalische Begeisterung aus. Im sogenannten – kleinen Kirchenchor – musste er auch noch mitmachen. Das heisst manchmal in aller Frühe in die Kirche, auf die Empore und noch schlaftrunken und ohne Frühstück „oh Herr wir loben Dich..." oder „Maria breit den Mantel aus" singen. Ganz schön hart. Verständlich, dass er sich bei dieser verordneten Singerei auch keine besondere Mühe gab. Er könnte es besser, wenn er wollte. Das wusste der Lehrer Grüter und ärgerte sich darüber. Der Herr Lehrer Grüter war eben so was wie der musikalische Leitwolf der Stadt. Er meinte es zumindest. Er dirigierte schon seit Jahren den angesehenen Männerchor. Im Männerchor sangen die noblen Männer, Geschäftsleute, Bänker, Ärzte, Anwälte, Lehrer.

Im Sängerbund, dem zweiten Gesangsverein, sangen die Büetzer, Arbeiter, Bähnler, Pöstler,

Magaziner, Lastwagenfahrer, die gewöhnlichen Bürger.

Der Herr Chorleiter Grüter durfte auch Registerproben des gemischten Kirchenchores mit Orchester leiten, wenn auf Ostern oder Pfingsten hin eine grosse Mozart- oder Schubertmesse eingeübt wurde. Die Aufführungen leitete dann allerdings der Ober-Musik-Chor und – Orchesterleiter Prof. Dr. Niklaus Ochsner.

Der Herr Lehrer Grüter war in dieser Stadt eine musikalische Kapazität.

Warum nur kam ihm der Karl Domeisen von der Hintergass musikalisch so ärgerlich in die Quere?

Es war Karis geniale, angeborene, natürliche Musikalität. Wie sich das ausdrückte? Nicht im Gesangsunterricht, auch nicht in den Klavierstunden beim Fräulein Amalia Hungerbühler, dem musikalischen Albtraum vieler junger Rapperswilerinnen und Rapperswiler mindestens dreier Generationen. Sie hatte auch ihre guten Seiten und durchaus Qualitäten und somit auch wohlgesinnte Anhänger. Sie brachte begabte Schüler weiter. Sie war einfach etwas einseitig ausgerichtet auf die klassische Musik, einzig und allein, ausschliesslich auf die klassische Musik. Mozart, Bach, Beethoven, Haydn usw. waren für sie das Mass aller Dinge. Wenn sie diese Namen aussprach, schien sich ihr Körper abzuheben und über ihrem Haupt ein Heiligenschein zu bilden. „Sinfonie in A-Dur, Toccata und Fuge, Partita, Arie, «Requiem». waren Worte, die sie so salbungsvoll flüsterte, wie der Herr Stadtpfarrer das „Grüss Gott" oder „Gelobt sei Jesus Christus".

Karis Musikalität zeigte sich also nicht in den verordneten und zugeordneten Momenten, sondern alltäglich, wortwörtlich im Alltag, beim Spiel, beim Gehen, beim Velofahren, in der Badi, einfach so, spontan und zu jeder Zeit, nicht voraussehbar, nicht gewollt und nicht geplant. Es entfuhr ihm einfach, singend, pfeifend, trällernd, summend, Auch völlig ungeordnet. Schlager, Volksmusik, Ouvertüren, Märsche, Oper, Operette, Boogie, Dixieland, mixte er mit schwierigsten Übergängen und Harmonien problemlos ineinander. Ohne Ehrfurcht vor gar nichts, mischte er Strauss, Verdi, Bach, Bob Dylan, Duke Ellington, Jost Ribary, Vico Torriani und, und, und, - wild durcheinander aber musikalisch so raffiniert miteinander verbunden, mit einer Treffsicherheit der schwierigsten Tonfolgen und einem temporeichen Rhythmus, wie es nur angeborenes Talent kann. Das kann man nicht lernen. Man hat's oder man hat es nicht.

Das war eben das Problem des studierten Musikers Grüter und der bedauernswerten Hungerbühler. Wobei, sie hätten das Problem ja gar nicht, wenn sie einfach neidlos anerkennen könnten. Bei der Hungerbühler kannte Kari manchmal keine Gnade, wenn ihn der musikalische Teufel ritt. Wenn er wusste, sie musste ihm zuhören, wenn keine Fluchtwege offen waren und keine Hierarchiekompetenzen zur Verfügung standen, setzte er zu den gewagtesten Experimenten an. Da pfiff, summte, sang, jodelte er Kompositionen daher, die nur kürzest lebendig waren. Sie entstanden, tönten – und waren wieder weg – und kamen nie wieder. Für die Amalia Hungerbühler war das Schlimmste, Karis Frechheit, die Stile wie es gerade kam zu mischen und zu vereinen, den Peter Kraus mit dem Johann Sebastian, den Count Basie mit dem Wolfgang Amadeus, den Ludwig Van mit der Valente. Das Tatatataaa von Beethoven ging nahtlos in den Radetzkymarsch über, der wiederum in einen Boogie, gemischt mit dem Tanz der Rohrflöten, die kleine Nachtmusik als Grundlage für eine tschechische Polka gefolgt von Toccata und Fuge in E-moll, verziert mit dem Kriminaltango und so weiter und so fort   Das war zu viel für Fräulein Hungerbühler, da war sie einem Nervenzusammenbruch nahe und hätte den Domeisen Karl wohl am liebsten umgebracht, nein das glaub ich nicht…aber wohl angeklagt wegen Missachtung musikalischer Gesetze und Verletzung der Menschenrechte. Heimlich haben doch Grüter und Hungerbühler den Kari ja doch bewundert und beneidet. Im Stillen haben sie wohl auch gewünscht diese Musikalität in geordnete Bahnen lenken und die Verdienste dafür für sich beanspruchen zu können. Der Kari tat ihnen diesen Gefallen nicht. Er lebte seine Musikalität in den Gassen, auf den Plätzen, ganz wann und wo es ihm beliebte.

Wie würde man den Kari eigentlich charakterisieren, wenn man es müsste? Wir müssen es nicht, also lassen wir's. Er war einfach der Kari, der Hintergass-Kari. Er machte was er musste, noch lieber was er wollte.

Er tat niemandem etwas zuleide, half und unterstützte wo es nötig war und Sinn machte, wobei er über Sinn oder Unsinn selber entschied. Er war nach gängiger Norm sicher nicht der Gescheiteste aber noch sicherer nicht der Dümmste. Er hatte seine eigene Weltanschauung, seine eigenen Wertevorstellungen. Er stellte diese immer wieder in Frage und prüfte sie eingehend. So konnte er sie auch immer bestimmt und überzeugend vertreten. Er nahm am Geschehen in der Stadt regen Anteil. Er war immer und überall mehr oder weniger dabei, ohne sich aufzudrängen oder dreinzureden. Wo es was zu helfen gab, war er zur Stelle und in seiner bescheidenen aber frischen und humorvollen Art in der ganzen Stadt beliebt. Auch die Touristen und Ausflügler, die an schönen Sonntagen in die Stadt einbrachen, kannten den Kari. Er bediente beim Dampfschiffsteg die Passagierbrücke auf Rollen, über die die Menschen ein- und ausstiegen. Wer ein Ruderboot mietete, traf ihn, wenn er die Mietboote im Hafen herummanövrierte.

Er gab auch überall gern und freundlich Auskunft, wenn jemand nach dem Schloss, dem Chlösterli, dem Heilighüsli, der Kirche, dem Casino oder dem Fussballplatz fragte.

So lebte Kari Tag für Tag, ohne grosses Rauf und Runter vom Winter in den Frühling, in den Sommer, in den Herbst und wieder in den Winter, manchmal glücklich, manchmal sehr glücklich, manchmal traurig, manchmal sehr traurig aber immer irgendwie zufrieden…………

Bis dann eines schönen Tages, es war wieder Frühling, etwas geschah, was sein Dasein gehörig durcheinanderbrachte. Oben am Hauptplatz hat sich seit kurzem ein Früchte- und Gemüsehändler eingemietet. Der Herr Pedrazzini hat den kleinen Laden von der Frau Leutwyler übernommen, die altershalber aufhörte. Pedrazzini hat das Ladenlokal vergrössert und verschönert und führt es zusammen mit seiner Frau und seinem Bruder. Das Geschäft heisst: Comestibles Fratelli Pedrazzini und führt neben Früchten und Gemüse auch italienische Teig- und Fleischwaren. Dieses Geschäft bringt Betrieb auf den Hauptplatz. Schon früh am Morgen geht es los. Kommen die beiden Brüder vom Grossmarkt in Zürich, werden die Kistchen gleich vor dem Laden aufgebaut. Alles wird schön aufgeschichtet, geordnet, hergerichtet, verziert und so schön präsentiert, dass man einfach etwas kaufen muss, wenn man vorbeigeht. Das gleiche im Innern des Ladens: Käse, Salami, Mortadella, Oliven, Wein, Tortellini, Spaghetti hausgemacht, Parmaschinken….einfach alles, was zu einem glücklichen, kulinarischen, italienischen Leben dazugehört. Dazu eine herzliche, freundliche, fröhliche Bedienung.

Das Geschäft, die Pedrazzinis waren weit herum bekannt, beliebt und geachtet.

In diesem Geschäft musste unser Kari auch hin und wieder mal etwas besorgen. Es lag ja am Ende, oder Anfang seiner Hintergass. Das geschah dann zweckmässig und rationell. Rein in den Laden: „Guten Tag Frau Pedrazzini, ich hätte gern ein Paket Reis für Risotto 1x Spaghetti, die langen, ein Pfund

Tomaten, Basilikum und 100 gr. Parmesan. Danke Frau Pedrazzini………. ja Ihnen auch…. will ich ausrichten, ja danke…. Auf Wiedersehn!" Es war für Kari ja nichts Besonderes, etwas Alltägliches halt. Die Mutter brauchte das Zeug, also ging man es holen.

Dass aber bei so einem Zweckeinkauf an einem gewöhnlichen Werktag unglaubliche Dinge geschehen können.

Kari hat pressant. Die Mutter hat für den Sugo Parmesan und Basilikum vergessen und auch noch zu wenig Tomaten. Kari nimmt das Velo für die paar Meter, trampt die Gasse hoch, knallt das Velo an die Hausmauer, stürmt in den Laden: „Hallo Frau Pedrazzini… hätte gern…. weil……" weiter kam er nicht, die Stimme versagte, der Atem versagte, das Herz blieb stehen, die Beine wankten, Blut schoss ins Gesicht, der Mund ging nicht mehr zu…, ein versteinerter Karl Domeisen Junior in einem Gemüseladen in Rapperswil, Schweiz, an einem helllichten Tag, nachmittags um 4 Uhr!! - Die Stonehenge-Steinfiguren waren die reinsten Zappelphilippe gegen unseren Karl. Vor ihm stand ein Wesen, das ihn in einen Zustand versetzte, den er nicht kannte, noch nie erlebt hatte und dem er nicht gewachsen war. Für Realisten und Pragmatiker war dieses Wesen etwas ganz Irdisches, nämlich ein menschliches Wesen genannt Mädchen. Allerdings ein ausserordentlich schönes Mädchen mit einer ausserordentlichen äusseren und offenbar vor allem inneren Strahlkraft. Dieses Mädchen stand dem Kari gegenüber, irgendwie auch wie paralysiert. Wer das Gesetz der Anziehung oder, das Gesetz der Resonanz kennt, der hätte hier die tollsten Studien machen können. Da sprangen unglaubliche Mengen von Wellen der Entsprechung zwischen diesen beiden Menschen hin und her, ohne dass die

16

beiden es praktisch einordnen konnten. Im Prinzip hätten die beiden aufeinander zugehen und sich umarmen können. Aber das macht man doch nicht… erst recht nicht schon in der ersten Viertelstunde. Das Mädchen nahm als Erste wieder so etwas wie den Normalzustand an. „Ich bin die Carola Pedrazzini, die Tochter - aber ich lebe meist bei den Grosseltern in Italien, diesen Sommer aber verbringe ich hier bei meinen Eltern. Du musst der Karl sein, der Karl Domeisen von da unten an der Hintergasse, ich habe schon von dir gehört. So langsam löste sich auch bei Karl die Verkrampfung. Die beiden gingen aufeinander zu, gaben sich die Hand, sagten beide noch irgendetwas Belangloses, wussten aber im Innersten, dass die Welt nicht mehr sein würde, wie sie vor einer Stunde noch war.

Wer jetzt denkt, dass aus den beiden ein Liebespaar wurde, denkt falsch.

Zumindest wurde aus den beiden nicht ein Liebespaar im Stil von Romeo und Julia ---eher von Heidi und Peter oder lässt sich beschreiben wie ein Verhältnis zwischen Zwillingen, könnte ich mir denken. Zum Glück wurden sie kein Liebespaar. Denn dadurch entgingen sie den Negativseiten der grossen Liebe, der Eifersucht, der Verlustangst, dem Neid, dem Misstrauen. Man sah sie viel zusammen und sie waren gern zusammen, sie verstanden sich gut und lachten vor allem viel zusammen. Es war eine an Liebe grenzende Freundschaft. Oder war das echte Liebe? Liebe ohne Belastendes? Wenn sie zusammen waren, hatten sie eine herrliche Zeit.

Wenn sie nicht zusammen waren, hatten sie keine Probleme damit. Es gab andere, die mit den Beiden Probleme hatten. Die Gigolos und Schürzenjäger z.B., die es auch hier gab. Die mit ihren gestylten Autos an schönen Abenden Runde um Runde drehten und nach weiblichen Passagieren Ausschau hielten, die sich gerne ein paar kleinere oder grössere Runden chauffieren liessen.

Es ging diesen Schmalspurmachos einfach nicht in den Kopf, dass das schönste Mädchen der Stadt mit diesem Trottel Domeisen stundenlang auf einer Bank an der Seepromenade sitzen konnte und sich auch noch glänzend unterhielt und amüsierte, dabei könnte sie doch auf weissen Lederpolstern im offenen Cabrio sitzen, in eine „Sunshine"- oder „Moonlight-Bar chauffiert werden und dort über Existentielles wie Mode, Frisuren, Makeup, Schuhe usw. diskutieren. Unglaublich, dass sie dieses Angebot nicht nutzte. Wie sehr sich Carola und Karl mochten, zeigte sich an einem Ereignis an einem schönen Nachmittag. Wir wissen, dass Karl ein Einzelgänger war.

Er war kein Querulant, kein Aussenseiter. Er konnte einfach gut allein sein und sich selber unterhalten. So auch an jenem fraglichen Sommernachmittag. Karl sass gerne auf den Steinplatten, die das begehbare Ufer zum Wasser hin abgrenzen. Der Uferzone vorgelagert sind kleinere und grössere Steinquader, die als Wellenbrecher dienen. In den kleineren und grösseren Zwischenräumen gluckst und gurgelt Wasser je nach Wellengang stärker oder schwächer und somit auch höher oder tiefer. Diese unterschiedlichen Geräusche des Wassers waren Karls Instrumente zu seiner selbst komponierten Wassermusik. Kleinere Spalten gleich höhere Töne gleich Violine, Klarinette, Oboe, Flöte, Piccolo. Grössere Zwischenräume gleich Bratsche, Cello, Horn, Trompete. Grosse Zwischenräume gleich tiefe Instrumente: Tuba, Bässe,

Posaune. So komponierte er seine eigenen Werke und dirigierte sie auch selber. Er war Komponist, Arrangeur, Dirigent und Konzertmeister in einer Person. Er vergass Zeit und Raum an diesem Nachmittag mit seiner „Wassermusik". Karl merkte nicht, dass während seines Konzerts das Wetter umschlug und ein Gewitter aufkam. Die Wellen wurden immer grösser, es begann zu regnen, Blitz und Donner kamen dazu. Dadurch wurde auch sein musikalisches Werk immer dramatischer und fand in einem grandiosen Finale ein Ende. Der reale Sturm ging aber weiter. Nach dem vierten Vorhang merkte Karl, dass er völlig durchnässt war und fror. Er stand auf und wollte nach Hause gehen. Aufstehen konnte er, fiel aber gleich wieder hin. Auf der nassen, moosigen Steinplatte glitt er aus und fiel steif und unbeweglich vornüber. Er konnte nicht mal den Aufprall abschwächen, er brachte Hände und Arme einfach nicht hoch. Dann wusste er nichts mehr. Als er wieder zu sich kam, war er im Himmel. Das musste der Himmel sein! Sein Kopf lag weich auf. Er war zugedeckt. Eine Engelshand strich ihm die nassen Haare aus dem Gesicht, trocknete die blutenden Stellen und eine Engelsstimme sprach: „Aber Karl, was hast du denn gemacht? Carlo, caro mio, Che cosa fatto ? Povero Carlo." Der „povero Carlo" war übel zugerichtet, zumindest sah er so aus. Er wurde zur Sicherheit ins Spital gefahren, konnte aber am Tag darauf eingebunden und eingepflastert wieder nach Hause. Nichts gebrochen, keine weiteren, ernsthaften Verletzungen.

Der Tathergang war folgender: Carola und ihr Freund gingen wegen des Sturms nochmal zum Hafen um ihr Boot zu sichern. Da fanden sie den Karl bewusstlos am Boden liegen, sie versorgten seine Wunden, so gut sie konnten, sie organisierten auch das Krankenauto und holten ihn auch am Tag darauf wieder vom Spital ab. Seit diesem Tag war das Verhältnis zwischen Carola und Karl noch inniger, noch herzlicher. Man sah und spürte das einfach, wo und wie man die beiden auch beobachtete. Es war einfach eine Tatsache. Das mussten auch die akzeptieren, denen es nicht gefiel.

So vergingen Tage und Wochen. Der Sommer ging zu Ende. Carola kehrte nach Italien zurück. Karl blieben die schönsten Erinnerungen an sie. Das Leben ging weiter. Alltägliches bestimmte es. Aber gerade das Alltägliche kann auch Erfreuliches, Lustiges, Spannendes hervorbringen, kann Episoden hervorbringen, die das Leben lebenswert machen. Zumindest beim Hintergass- Kari war es so.

Sonntagnachmittag im «Steinbock»

Wenn man die Silhouette Rapperswils vom Seedamm her betrachtet, fallen einem drei angeschriebene Häuser auf. STEINBOCK, SCHWERT und BELLEVUE. Vom STEINBOCK, will ich erzählen, vom «Reich des Christeli Fürer». Er, dieser Christeli Fürer und seine Frau führten den STEINBOCK, d.h. sie führte die Beiz, er war der Unterhalter. Sie stand hinter dem Büffet, schenkte Getränke aus, er sass am Klavier und erfüllte musikalische Wünsche. Es waren eigentlich immer dieselben Wünsche: "Gefangenenchor aus Nabucco", "Heinzelmännchens Wachparade" und "Alte Kameraden". Diesen Marsch musste er immer und immer wieder spielen, sicher über 10x am Tag. Wen Christeli Fürer mit "Randsteiamsle" begrüsste, gehörte zum engsten Kreis der Steinböckler. Aber, ich will ja eigentlich von den Sonntagnachmittagen erzählen. Die hatten es in sich. Richtige JeKaMi-Nachmittage waren das. Jeder der irgendetwas konnte, durfte mitmachen.

Geiger durften geigen, Trompeter durften trompeten, Klarinettler durften klarinettlen, Flötisten und Flötistinnen durften flöten, Sängerinnen und Sänger durften singen. Das taten sie ausgiebig und jeder und jede der Instrumentalisten hatte natürlich auch gerade zufällig das Instrument dabei. So war das ein Tuten, Singen und Blasen den ganzen Nachmittag im STEINBOCK. Den Gästen gefiel das. Sie fanden, der eine oder andere Künstler, die eine oder andere Künstlerin, würden es locker auf eine Profibühne schaffen, bei dem Können! Auch hier waren es eigentlich immer die gleichen Titel, die man hörte: Auch wieder " Heinzelmännchens Wachparade" das

"Boccherini Menuett" und, auch hier wieder "Alte Kameraden" noch und noch. Die Sängerinnen und Sänger vergriffen sich natürlich immer wieder an den Schlagern aus Oper und Operette: "Gefangenenchor" "Oh sole mio" "Dein ist mein ganzes Herz" und "Schenkt man sich Rosen im Tirol", waren die Höhepunkte dieser Sparte. Aber auch für das Gemüt wurde gesorgt. Da wurde der schönste Platz auf Erden, die "Rasenbank an meiner Eltern Grab" besungen und das schöne, besinnliche Lied vom «armen Müetti im dunklen Stübli drin, das so sehnlichst auf ihren Sohn wartet und wartet und wartet» fehlte natürlich auch nicht. Das ging so ans Herz. Manche Träne und mancher Schluchzer konnten nicht mehr unterdrückt werden. So verging der Nachmittag fröhlich, besinnlich und gemütlich und für die Kultur hatte man erst auch noch etwas getan, man hatte ja schliesslich Kunst und Künstler unterstützt. So gegen Abend kam auch noch die Küche zum Zug. Da hörte man den einen oder andern Mann zu seiner Frau sagen: Wir essen heute hier was Kleines, weil es gerade so gemütlich ist: "Frölein na en Halbe und es Mineral"!

So wurde dann noch die eine oder andere Bratwurst mit Rösti oder Wienerli mit Härdöpfelsalat bestellt und somit war auch das Wirtschaftliche für die Wirtin berücksichtigt. Ich glaube, die Leute sässen heute noch im STEINBOCK, wenn nicht der letzte Zug ins Linthgebiet und ins Zürcheroberland dem ganzen Treiben ein natürliches Ende gesetzt hätte. Heute gibt's den STEINBOCK immer noch. Den Christeli Fürer leider nicht mehr und nur noch alte Rapperswiler, mögen sich an ihn erinnern. Mögen diese paar Zeilen ein kleines "Danke schön" an einen sympathischen, bescheidenen Freudenverbreiter sein.

Der Clown und die Chläuse

Am Nachmittag des 21. April im Jahre WXYZ schlendert ein Circusclown den Hauptplatz hoch, Richtung Schlosstreppe. Beim Brunnen angekommen, traut er seinen Augen nicht, was er da sieht: Da kommen doch tatsächlich zehn Chläuse und zehn Schmutzlis die Treppe herunter, genau wie am 6. Dez. beim normalen Chlauseinzug. Auch der Bischofschlaus (Himmelschlaus) ist dabei, in vollem Ornat. Der Clown kennt ihn von gemeinsamen Auftritten. Sie sind per Du und es entwickelt sich folgender Dialog:

CL (Clown): «Seid Ihr im Datum verirrt oder habt Ihr einen Special-Event, dass Ihr im Frühling nachholen müsst, was Ihr im Winter verpasst habt?»

HCHL (Himmelschlaus): «Weder noch! Die Sache ist die: Unser Chlaus Nepomuk feiert heute Polterabend. Er heiratet am Samstag und hat uns heute auf eine Fahrt mit dem Ledischiff eingeladen, mit Nachtessen und Musik und ihm zuliebe treten wir im Originalgewand auf. -
Das ist übrigens nicht der erste Polterabend in unserer Geschichte. Einmal hat uns ein zukünftiger Ehemann sogar auf die Insel Sansibar eingeladen. Da sangen und grölten wir jeden Abend fast stundenlang: 'In der alten Hafenbar, auf der Insel Sansibar, hört man, schwört man nur auf Jonny Bo Ho'. Nach der Melodie 'In der alten Hafenbar............'
Alles klar?»

CL: «Ja danke! Wer ist denn eigentlich die glückliche Braut? Ich hoffe zumindest, sie ist glücklich!»

HCHL: »Ist sie bestimmt. Übrigens eine ehemalige Prämonstratenserin. Sie ist aus dem Orden ausgetreten und arbeitet jetzt als Pflegerin im Rehacenter 'Gottesgnad' in Heiligenstatt, wo unser Nepomuk sein neues Hüftgelenk einlief und sich in sie verliebte.»

CL: «Was ich immer schon wissen wollte: Was machen eigentlich Chläuse und Schmutzlis so das ganze Jahr über, wenn sie nicht gerade Einzüge nachholen und Polterabende feiern?»

HCHL: «Nur nicht so despektierlich lieber Clown! Wir arbeiten nämlich hart durch das Jahr.
Da gilt es neue Schlitten zu entwerfen und zu bauen, Esel, Rentiere und Elche zu züchten. Die Preise für Mandarinen und Nüsse verfolgen und günstig einkaufen. Verhandlungen mit der Bäckergewerkschaft führen, über die Preise der Biberli nächste Saison. Und dazu noch, was ganz wichtig ist, haben wir immer wieder Kurse, Weiterbildungen, Symposien usw. beim Urchlaus in Rovaniemi am Polarkreis in Finnland. Da wird diskutiert und festgelegt, wie die neuen Schlitten auszusehen haben und wie sie gebaut werden. Wo welche Tiere eingesetzt werden dürfen, also wo Rentiere, wo Elche und wo Esel. Stell Dir mal vor, in Griechenland würde z.B. ein Elch den Chlaus begleiten? Da gibt es aber auch Kurse in Psychologie, wo unsere Chläuse in psychologisch geschicktem Verhalten instruiert werden. Stell

Dir mal vor, bei einem Chlausbesuch sagt z.B. ein Zehnjähriger zu seinem Vater: "Heb d`Schnorre Alte!" -

Wie verhält sich der Chlaus in dieser Situation? Ein anderes Beispiel, (ist schon vorgekommen). Vater und Mutter bleiben bei einem Chlausbesuch vor dem Fernseher sitzen und schauen ihre Serie, ohne den Kasten abzuschalten. Wie soll sich jetzt der Samichlaus verhalten? Nun aber zu Dir lieber Clown. Darf ich Dir auch eine Frage stellen?»

CL:» Natürlich, nur zu!»

HCHL: « Wie kommt es, dass Du am heiterhellen Nachmittag so viel freie Zeit hast?»

CL: »Das kommt daher, dass ich im Circus gekündigt habe. Jetzt also sozusagen selbstständig bin. Weisst Du, das freie Leben im Circus ist gar nicht so frei. Nachmittags Vorstellung, abends Vorstellung. Immer zur gleichen Zeit, immer die gleiche Nummer von 10 Minuten. Aufpassen auf die Musik der Trapeznummer, weil ich komme gleich danach, dann bereit machen, dann ev. ein zähes Publikum unterhalten. Immer dasselbe Tag für Tag, Vorstellung für Vorstellung. Das ist mir verleidet. Jetzt trete ich auf, wann und wo ich will. Auf Plätzen, in Einkaufszentren, in Schulen, in Spitälern, in Heimen,- einfach überall wo ich Freude nach meinem Gutdünken verbreiten kann.

Darum bin ich jetzt auch hier, das alles hätte ich verpasst, den Chlauseinzug im Frühling das Gespräch mit Dir, - alles verpasst. Wäre doch schade gewesen. Wer weiss, ob ich nicht nachher noch hier auf dem Hauptplatz auftrete und die Leute unterhalte, würde doch passen zum Chlauseinzug?!»

HCHL: Weisst Du übrigens, dass wir den schnellsten Chlaus haben? Der ist so schnell, dass noch keinem gelungen ist, die Geschwindigkeit zu messen. Der Urchlaus in Rovaniemi weiss nur, dass es ein Finne ist, Pekka Jalonen heisst, aus Kuusamo kommt, mit 6 Rentieren fährt statt mit 4, den interstellaren Raum benützen darf und damit wie gesagt, der schnellste Chlaus ist, den es je gab.»

CL: »Das ist doch Mumpitz. Die Geschwindigkeit kann man doch messen. Man nimmt die Strecke von A nach B, teilt sie durch die gemessene Zeit, schon hat man die Geschwindigkeit in m/s oder km/h.»

HCHL: »Ja, ja natürlich! Du kennst ja auch die Lichtgeschwindigkeit, 300 000 km/s. Also kannst Du auch sagen, wie lange das Licht braucht, wenn Du den Schalter betätigst, bis es die dunkle Ecke beleuchtet, die 4,5 m vom Schalter entfernt ist. Oder, Du kannst ja auch sagen, warum es Dich nicht ins Universum hinausschleudert, obwohl Du weisst, dass die Erde mit über 100'000 km/h Geschwindigkeit um die Sonne rast und sich auch noch um die eigene Achse dreht?! So ist das eben mit Lichtgeschwindigkeit und Gravitation, man weiss, dass es sie gibt, aber man merkt nichts davon. Genauso ist es mit dem Pekka Jalonen!»

Der Clown erfreute nachher die Leute auf dem Hauptplatz tatsächlich noch mit ein paar Spässen. Die Chläuse und Schmutzlis gingen weiter zum Dampfschiffsteg, wo ihr Ledischiff und eine gemütliche Fahrt wartete.

Es ist unschwer zu erkennen, dass sich diese Geschichte in Rapperswil zutrug. Allerdings könnte sie sich in jeder anderen Gemeinde auch zugetragen haben. Ein Haupt- oder Dorfplatz findet sich doch überall, eine Treppe wird sich auch finden lassen. Und Clowns, Chläuse und Schmutzlis gibt's genügend, auch in der kleinsten Ortschaft!?

Circus Knie

Ich bin in Rapperswil geboren und die ersten Jahre auch da aufgewachsen. Es geht die Meinung, dass alle Rapperswiler Circusfans seien, weil hier der Circus Knie zu Hause ist. Das stimmt natürlich nur zum Teil und auch nicht bei allen Rapperswilern. Bei mir stimmt es. Ich war, und bin es immer noch, fasziniert vom Circus. Damals war das Winterquartier vom Circus Knie noch in der ganzen Stadt verteilt. Dort wo heute das Einkaufscenter Sonnenhof steht, tummelten sich Ponys, Zebras, Lamas, Kamele auf Sandboden, nur durch einen einfachen Zaun von den Passanten getrennt. Im Hintergrund standen Käfigwagen mit Löwen und Tigern. In den Stierenmarkthallen auf dem Weidmann-Areal waren die Pferde, in der Wendelinstrasse die Wagenremisen und Werkstätten. In der grossen Halle auf dem Weidmannareal befand sich eine Dauer-manege mit Raubtiergittern, wo der Herr Trubka seine Raubtiernummer für die folgende Saison probte. Saisonauftakt war im März mit der wichtigen Premiere auf der Tüchi (Teuchelweiherwiese) Premierenfeier für die geladenen Gäste war im Hotel Schwanen, für die Arbeiter im Restaurant Rosengarten die nicht selten in den frühen Morgenstunden in eine Schlägerei ausartete. - Im Rosengarten, nicht im Schwanen . Je mehr man über den Circus Knie wusste, desto mehr Insider war man. Zumindest fühlte man sich so. Wenn man noch wichtige Zirkusleute beim Namen nennen konnte, gehörte man endgültig dazu, zu den echten Kennern.

Der Zeltmeister war der Goliath, der Sprechstallmeister der Herr Zimmermann, der Kapellmeister der Herr V. O. Ursmar,

28

das rassige Nummerngirl die Lotti Nock, ihr Mann war der Knieli, der Kleinwüchsige, der Programme verkaufte und dem Elefanten das grosse Brot in die Manege brachte, war der Herr Ackermann mit der tiefen Stimme, die rechte Hand des Herrn Fredy Knie in der Manege war der Sacha Houcke, sein Bruder Gilbert führte Tiger vor usw. Es war auch die Zeit der Artistenfamilien. Unter vielen anderen war da die artistisch vielseitige Familie Caroli mit den beiden klassischen, umwerfend komischen Clowns Enrico und Francesco. Diese Art von Clowns gibt es heute leider nicht mehr. Gaston ist noch der einzige. Soweit die allgemeinen Erinnerungen an Knie in Rapperswil.

Jetzt muss ich aber ein fantastisches, persönliches Erlebnis erzählen und weil das noch so präsent ist, erzähl ich es in der Gegenwart:

Das Circuszelt steht. Die Premiere naht. Tagtäglich finden Proben statt. Proben, finde ich, sind spannender als Aufführungen, ob Musik- Theater- oder Zirkusproben. Wie immer versuche ich ins Zelt zu kommen, um einer Probe beiwohnen zu können. Es gelingt mir auch! (wahrscheinlich auch mit gütigem Wegschauen eines Aufpassers). Ich sitze ganz ruhig in der obersten Reihe des Gradins. Ich habe Glück, denn eben probt der „Meister himself", der Herr Circusdirektor Fredy Knie sen. mit einem Zug Pferde. Es scheint nicht der beste Abend zu werden. Es schleichen sich Fehler um Fehler ein. Nicht mal die Pferde benehmen sich wie üblich. Die Kutscher (Tierbetreuer) auch nicht, die Requisiteure auch nicht, die Beleuchter auch nicht. Nichts geht wie es sollte. Das macht den Herrn Fredy Knie nervös und unwillig. Er wird laut. Er wird lauter. Er wird sehr laut. Die Atmosphäre ist spannungsgeladen, ist ungemütlich, explosiv. Niemand weiss, was jetzt geschieht. Aber alle wissen, dass etwas geschieht. Da geschieht tatsächlich etwas. Etwas völlig Unerwartetes. Kurz vor der erwarteten Explosion, im Moment höchster Anspannung, ertönt eine leise Melodie. Ein paar polnische Musiker spielen ganz leise: "wäge däm muesch du nöd truurig sii......! Wie wissen polnische Musiker, dass genau diese Schweizermelodie zur Situation passt?

„Don't worry, be happy" hätte auch gepasst, aber diese Melodie gibt's noch nicht. Die Spannung steigt noch um ein paar Grad, denn niemand weiss, was jetzt passiert. Wie ist die Wirkung?

Explosion? Wutausbruch? - Nichts da! Die Gesichtszüge des Herrn Fredy Knie werden weicher. Er lächelt, er verneigt sich und applaudiert in Richtung Orchester. Da zeigt sich auch die menschliche Grösse dieses Mannes. Es ist nun nicht so, dass ab jetzt alles wie am Schnürchen läuft. Aber ab jetzt ist es wieder normal, entspannt. Es wird hart und seriös gearbeitet, in einer gelösten Atmosphäre. Auch die Pferde wissen wieder, was sich gehört.

Ich bin in Gedanken dieses Erlebnis später immer wieder durchgegangen und habe daraus folgende Erkenntnis gezogen: Ich würde anordnen (wenn ich könnte), bei jeder wichtigen Besprechung, bei jeder Parlamentsdebatte, bei jeder VR-Sitzung, bei jeder Konferenz muss eine kleine Musikergruppe anwesend sein. Eine einfache Melodie, ein paar Takte Musik, im richtigen Moment gespielt, hätte sicher grössere Wirkung als die nachträgliche Analyse von Experten. Diese paar Takte Musik könnten Spannungen lösen, Streit schlichten, Chaos vermeiden, ja sogar Kriege verhindern. Deswegen müsste das gesetzlich verankert werden.

Stierenmarkt

In Rapperswil hat es mal einen Markt gegeben hat? Den Stierenmarkt. Auf dem Weidmann- Areal wurden lebende Stiere gehandelt. Auf der neuen Jonastrasse war der Warenmarkt mit Ständen vom Restaurant Zeughaus bis zum Rathaus. Ein Riesenmarkt! Gewisse Stände fand man Jahr für Jahr am selben Ort: Den „billigen Jakob" z.B. vor dem Rest. Zeughaus. Da bekamst du für 5 Franken ein 10-teiliges Messerset, einen Wecker, ein Paar Hosenträger, 100 Rasierklingen, und nach dem Überreichen des Fünflibers noch einen Gemüsehobel dazu. Oder der Stand auf der Bahnbrücke mit der Frau aus St Gallen, die in ihrem spitzen Dialekt: „Magebrot, Chueche, Sanggallerbiberflade" anbot, und gleich noch die Mahnung anhängte: "Chinde gömmer vom Schtand ewägg, ir chauffed jo doch nünnt!" Auf der Teuchelweiherwiese, der Tüchi war der grosse Geräte- und Maschinenmarkt. Einmal am „Stieremärt" machte ich eine Erfahrung, die mir bis heute noch nicht ganz klar ist. Wir gingen zu zweit an „Märt", mein Kollege und ich. Jeder mit 2 Franken ausgestattet. Auf dem Heimweg machten wir Kassensturz. Ich hatte keinen Rappen mehr…er aber hatte noch 2.20 Fr.? Für mich war das ein Rätsel. Mathematik war doch für alle gleich! Ich fand jedoch eine Erklärung, zum Glück! Wenn er z.B. für 60 Rappen türkischen Honig kaufte, verkaufte er diesen eine halbe Stunde später für 65 oder 70 Rappen.

Folgerichtig machte er eine Lehre als Buchhalter. Später war er Finanzchef in verschiedenen Industriebetrieben.

Irgendwann war dann Schluss mit Stierenmarkt. Das war 1954, glaube ich.

SCRJ-Lakers

Früher hiessen sie natürlich nicht Lakers. Zu Beginn war das der SCR, der Schlittschuh -Club Rapperswil Das ist allerdings schon sehr lange her. Ich erinnere mich aber noch. Gespielt wurde in der Garnhänke auf Natureis. Die Garnhänke war ungefähr da wo heute die HSR steht und wo damals der Schang Gretler seine Teppiche klopfte, die er dann auf seinem 2-Radkarren wieder in die Stadt zurückbrachte. Das Eisfeld entstand, weil man das Wasser in der Rietfläche staute.

Sitzplätze gab es keine. Man stand auf dem gefrorenen Boden oder auf Schnee. Losa's Marronistand war die einzige Verpflegungsmöglichkeit. Die Holzbanden waren etwa 30 cm. hoch. Die Spieler waren alles Einheimische. Sie spielten mit Stöcken aus Holz und ohne Helm. Das Tempo war, verglichen mit heute, sehr langsam. Man wusste aber ja damals noch nicht, wie schnell heute gespielt wird, also wars trotzdem spannend. Spannend wie z. B. Noldi Leemann mit seinem Spezialtrick den Gegner stehen liess. Dieser Trick brachte die Zuschauer noch und noch zum Jubeln. Wie der Trick ging? Auf den Gegner zu fahren, eine halbe Pirouette drehen, sich den Puck durch die eigenen Schlittschuhe spielen, mit dem Stock wieder aufnehmen und weiterfahren Richtung Tor des Gegners. Ungefähr so. Unter dem Jubel der Zuschauer! Einen hochfliegenden Flatterpuck leitete Charly Schneider auch schon mal mit dem Kopf weiter. Ohne Helm! Einfach so mit der Glatze! Mit dem Natureis war das so eine Sache. Bei Tauwetter wurde es immer weniger und dünner. Jetzt war Willi Helbling gefragt. Er hatte immer etwas Chemisches auf Lager, mit dem er versuchte den Schwund des Eises zu stoppen. Ein Pulver wurde mit Wassergemischt und mit einer Giesskanne auf dem Eis verteilt. Zusammen mit fallender Temperatur, wirkte es auch.

Bei schwachem Eis gab es auch sportlich lustige Situationen. Der Schiedsrichter konnte anordnen, dass in den Ecken des Eisfeldes nur 2 Spieler (je einer pro Mannschaft) den Puck ausgraben durften. Und…. Es funktionierte. Die Spieler hielten sich daran! Das Publikum auch! Es wurde nicht gepfiffen!

Am Lustigsten war das Vorsaison-Torhütertraining im Oktober-November, sonntags 11 bis 12 Uhr. Auf dem Feldweg neben dem Schiissibach (der heisst so!) wurde das Tor aufgestellt. Chibi Fuchs in voller Montur im Tor. 5 m vor dem Tor ein Brett auf dem Boden. Darauf die Pucks. Die Feldspieler schossen von diesem Brett aus Puck um Puck aufs Tor. Rechts, links, tief, hoch…In Sonntagskluft mit Krawatte, man war ja vorher noch in der Kirche.

Neben dem Hockeyfeld war noch ein Eisfeld für den öffentlichen, freien Eislauf. Das war das Reich des Herrn Iseli. Er sorgte mit Umsicht und Autorität für Ordnung und Unterhaltung. Die Holzbaracke war immer geheizt. Da war es zum Umziehen und Aufwärmen gemütlich. Herr Iseli hat hier auch heissen Punsch ausgeschenkt, kleine Wunden versorgt, Sturzopfer getröstet und vor allem für Unterhaltung gesorgt. Ich glaube, er war es, der einen Plattenspieler besorgt, einen Lautsprecher montiert und die Platte „Annelise" aufgelegt hat. Diese „Annelise" lief und lief und lief, immer wieder. Das war der Eisbahnhit schlechthin, für eine ganze Generation Rapperswiler- und- innen. Darum für Nostalgiker ein Textauszug: - "wo doch von dem letzten Geld ich Blumen hab für Dich bestellt. Und weil Du nicht bist gekommen, hab ich sie vor Wut genommen, ihre Köpfe abgerissen und dann in den Fluss geschmissen. Annelise ach Annelise nachher tat es mir wieder leid". Ende Auszug!

Die Winter mussten damals noch bedeutend kälter gewesen sein als heute. Ausser dem erwähnten Eisfeld in der Garnhänke waren noch der Chiesiweiher (von Kiesgrube) der Schellerweiher und der Andermatterweiher zugefroren. Darauf spielten wir Eishockey, stundenlang. Je 2 Steine auf dem Eis waren die Tore. Hochschiessen war verboten, wir hatten ja keine Schoner. Man hielt sich an diese Abmachungen! Da wird mir in der Erinnerung jedes Mal wieder bewusst, was für Freiheiten Kinder früher genossen. Aber das hat mit dem SCR nichts mehr zu tun, darum ist diese Geschichte auch fertig.

2.0 **GEDANKENGÄNGE**

Wunder

Man kennt ja sicher etliche Wallfahrtsorte: Einsiedeln, Fatima, Santiago de Compostela, Lourdes usw. Millionen von Menschen sind da im Laufe der Zeit schon hin gepilgert, haben um Trost und Hilfe gebeten und sicher auch erhalten. Damit diese Orte als Wallfahrtsorte anerkannt werden, ist in der Regel ein Wunder nötig. Dasselbe gilt für eine Heiligsprechung soviel ich weiss. Die Wunder müssen aber erwiesen sein und belegt werden können. Dazu sind verschiedene Gremien nötig. Ein Gremium muss ein Wunder suchen, ein anderes das Wunder finden, ein drittes das Wunder bestätigen und beglaubigen, bis es dann schliesslich anerkannt und als echtes Wunder taxiert wird. Das geschieht dann so viel ich weiss definitiv in Rom durch den Papst. All das dauert und ist mit vielen Wenn und Aber verbunden. Da muss immer wieder geprüft und bestätigt werden. Zweifel muss man ausräumen, wenn irgend möglich Beweise herbeischaffen, diese, wenn gefunden, mehrfach bestätigen. All das ein Riesenaufwand und trotzdem ohne eindeutiges Resultat. Es wird immer Zweifler geben, ob bei diesen Vorgängen, alles mit rechten Dingen zugegangen sei, ob es sich echt um ein „heiliges Wunder" handle?   Da frage ich mich dann ganz einfach. "Warum machen die sich das alles so kompliziert?" Das ginge doch viel einfacher mit einem eindeutigen, glasklaren Wunder: Ein Blick ins Universum z.B. oder ein Blick ins Gehirn, die Menschwerdung, ein

Ameisenhaufen, ein Bienenstock, wären weitere Beispiele. Bleiben wir bei diesem

„gewöhnlichen unspektakulären Bienenstock". Dieser Bienenstock ist doch ganz eindeutig ein Wunderwerk. Aber wen kümmerts? Kein Gremium, keine Findungskommission, keine Kurie käme auf die Idee, einen Bienenstock als Wunder zu zertifizieren. Ausser dem Imker, seiner Familie und ein paar Biologen ist niemand fasziniert von diesem Wunder. Oder hat man schon jemals erlebt, dass um einen Bienenstock eine Kathedrale gebaut wurde, wo dann Jahr für Jahr Millionen von Menschen hin pilgern, um dieses Wunder zu sehen? Oder hat man je erlebt, dass eine Biene heiliggesprochen wurde? Das Bienenwunder ist doch so klar und eindeutig, genau wie es die anderen auch wären. Sind die wohl alle zu klar und zu eindeutig? Brauchen ja keine Prüf- und Zertifizierungsinstanzen, sind zu banal und zu natürlich. Man glaubt lieber an etwas Mystisches, etwas nicht so ganz Klares. Etwas, was man noch selber interpretieren kann, etwas bei dem noch glauben gefragt ist? Den Bienenstock kann der Imker in seiner ganzen Komplexität erklären, nur staunen muss man noch selber. Wie langweilig. Da glaubt man doch lieber etwas Unerklärliches, etwas Mystisches, Geheimnisvolles, das man nicht so genau beweisen, dafür umso mehr glauben, sich einbilden kann. Für mich sieht es anders aus: Bienenstock: Lourdes = 1:0

Arbeitsessen

Tagesschau, Spätausgabe auf irgendeinem Sender.

Jetzt 10 vor 10: Daniela Lager berichtet vom Gipfeltreffen der G-20-Mitglieder in Wien. Im Hintergrund auf dem Bildschirm sieht man anbrausende, schwarze Autos, denen dunkel gekleidete Herren, (Damen sind selten), entsteigen und mit ernster aber wichtiger Miene, „no comment" flüsternd im Eingang eines Luxushotels entschwinden. Später sieht man dann noch ein Gruppenbild der Staatsmänner und den wenigen Frauen und hört den Kommentar: Die Konferenz sei zu Ende gegangen. Die Gespräche hätten in freundlicher und konstruktiver Atmosphäre stattgefunden.

Ein zählbares Resultat sei allerdings nicht zu vermelden. Man sei aber übereingekommen, die Gespräche weiterzuführen. Dieser Beschluss sei gestern Abend anlässlich eines Arbeitsessens zustande gekommen. Da!! - bei diesem Begriff bin ich stutzig geworden. Das restliche bla, bla kennt man ja. Aber dieses Wort „Arbeitsessen" ist bei mir eingefahren. „Arbeitsessen"…. Was um Himmelswillen soll das denn sein? Mittagessen, Abendessen, Fondueessen usw…. alles OK. Aber „Arbeitsessen"?? Entweder man isst oder man arbeitet. Oder man isst, um nachher wieder zu arbeiten. Meine Vorstellung von Arbeitsessen: Baustelle - Arbeiter sitzt auf leerem, umgestülptem Gipskübel und isst sein Wurstbrot, trinkt Mineralwasser aus der Flasche und Kaffee aus dem Thermoskrug. Das würde ich als Arbeitsessen bezeichnen. Aber dieses Gelage der Staatsmänner in diesen Prunkräumen, das Bewältigen eines exquisiten Siebengängers mit zehn verschiedenen Weinen und Spirituosen, soll noch etwas mit Arbeit zu tun haben? Logisch, schaut da nicht mehr heraus als eine Vertagung. In 2 Wochen trifft man sich doch gerne wieder zu einem Arbeitsessen. Diese Gipfeltreffen enden also fast immer ohne Resultat, ohne Zählbares, ohne Fortschritt, ohne Aussicht, ohne nichts. Sie finden aber trotzdem immer wieder statt. Am Ende eines erfolglosen Treffens wird schon das nächste vereinbart, das wieder erfolglos endet usw.- immer verbunden mit Wichtigtuerei. In allen Medien die grossen Fotos, die grossen Sprüche. Hauptsache „es" hat stattgefunden, das Gipfeltreffen, man hat sich zeigen können, man ist auf dem Foto mit drauf, man gehört dazu, zu den Gestaltern der Geschichte! Warum mich das so beschäftigt und ich gebe es zu ärgert? - Weil, im Gegensatz dazu, die Leistungen einzelner Menschen viel zu kurz kommen zu wenig gewürdigt werden, viel zu wenig Beachtung finden. Obwohl sie doch Resultate erzielen, die im Vergleich zu „Gipfeltreffen" weit besser sind. Ich nenne nur ein paar Namen, die bekannt sind: Dr. Beat „Beatocello" Richner, Karlheinz Böhm, Lotti Latrous, Pfarrer Sieber und viele weitere. Dann aber auch Organisationen, die auf Privatinitiative entstanden sind, von denen ich irgendwo, mal gelesen oder gehört habe und die mich tief beeindruckt haben: Die Organisation „sourire-aux-hommes, Tara Stella Deetjen, Gründerin des Vereins „Back to Life" e.V., eine Frau 84 Jahre alt, die Mädchenschulen in Afghanistan gründet und betreibt. Einzelne Menschen und Organisationen, die Unglaubliches leisten: Tausende Leben retten, tausende Kranke heilen. Tausenden Essen, Trost und Hoffnung spenden. Alles von einzelnen Menschen ins Leben gerufen, organisiert und betrieben. Diese Menschen müssten alle heiliggesprochen werden Wie bescheiden sind dagegen doch politische Gipfeltreffen. Grosse politische Gebilde sind für humanitäre Hilfe offenbar nicht geeignet. (Rotes Kreuz und Roter Halbmond als Ausnahmen.) Kirchen auch nicht. Die müssten doch die grössten Hilfswerke unterhalten. Sie sind ja die alleinigen Verwalter von Liebe und Barmherzigkeit. Aber da werden Priester, die in Slums und Favelas Gutes tun, auf die Kanzel zurückbeordert um da Liebe zu predigen, nicht zu leben. Bei Nichtbefolgung droht Entlassung.

Individueller, kreativer, menschlicher Geist ist offenbar die beste Triebfeder in der privaten wie gesellschaftlichen Lebensorganisation. Zu Ausbau und Entwicklung der Einzelinitiativen bedarf es natürlich auch wieder Organisationen und Gesellschaften. Das ist nicht per se negativ. Diese sollten einfach nie so gross und undurchschaubar werden, dass sie „Gipfeltreffen" veranstalten müssen!?

Banken

Ist Ihnen schon aufgefallen, womit Banken, Versicherungen und Krankenkassen aktuell im Fernsehen Werbung machen? Mit „persönlicher Beratung". Die beste Beratung sei die ganz persönliche, sagt eine Bank. (Gibt es unpersönliche Beratung?) Unsere Versicherung ist nicht für Kunden, sondern für Menschen. --Na so was? Persönliche Menschen! Du kommst zu einer Beratung für eine Versicherung. Und jetzt stell Dir vor, der Berater (ich schreibe Berater, meine aber auch Beraterin!), geht auf Deine persönlichen Bedürfnisse ein. Er berücksichtigt, dass ein 60-jähriger Nordic-Walker eine andere Versicherung braucht als ein 20- jähriger Bungee-Jumper. Was haben denn die Versicherungsberater bis anhin gemacht? Sie haben statt beraten, eher zu Versicherungen geraten. Daher gibt es so viele Leute, die zwar ein Dutzend Versicherungen haben, aber einfach nie den richtig passenden Schadenfall dazu! Du fragst einen Bankberater, wie du deine ersparten Fr.50'000.00 anlegen sollst? Und, oh Wunder! Der Berater geht auf deine persönliche Situation ein! Er erklärt dir nicht stundenlang das Funktionieren der Europäischen Zentralbank, nein, er kümmert sich tatsächlich um deine persönlichen Fr. 50'000.00. Immer vorausgesetzt, er darf über eine so kleine Summe überhaupt beraten. Ist das nicht nett von ihm? Früher machte man Werbung mit „besser", „schneller", „bequemer", "einfacher" und ähnlichem. Wie altmodisch? Heute punktet man mit den modernen Begriffen „anständig" und „persönlich." Wo haben die das abgeschaut? Offenbar beim Detailhandel und im Fachgeschäft. Die Schuhverkäuferin z.B. schmeisst dir nicht einfach Galoschen einer Einheitsgrösse vor deine Füsse, nein, sie sucht ein Paar Schuhe heraus, die zu deinen persönlichen Füssen passen. Im Kleiderladen verkauft man dir ein Hemd, das deine persönliche Kragenweite und Armlänge hat. Sogar Farbe und Schnitt darfst du nach deinen persönlichen Wünschen wählen. In der Metzgerei, beim Bäcker, im Restaurant. Überall geht man auf deine persönlichen Wünsche ein. Auch der Arzt kümmert sich um deinen persönlichen, gebrochenen Finger. Überall wird man persönlich bedient. Und das jetzt auch bei Banken und Versicherungen! Früher waren „persönlich", „hilfsbereit", „anständig" Attribute von Hilfsorganisationen, Heilsarmee, Caritas und so. Beratung gab es früher auch. Aber die war offenbar nicht für Menschen und nicht persönlich. Das waren eher Regeln oder Ratschläge. Das merkte man, wie gesagt, spätestens im Schadenfall. Da hatte man dutzende, richtige Versicherungen aber immer den falschen Schadenfall dazu. Leider, und trotz ausführlicher Beratung. Ausführlich schon – aber eben nicht persönlich! Die persönliche Bankenberatung sehe ich für die Jugend positiv. Bis anhin waren die bei den Banken einfach das erste Kundensegment. Kaum bekamen sie den ersten Lehrlingslohn, wurde mit allen Tricks und Gags versucht, sie an eine Bank zu binden: Jugendkonto mit Vorzugszins, Kreditkarte zum halben Preis. Gratiseintritt in ein Rockkonzert, Baseballmütze, ein Sack Gummibärli usw. als Eintrittsgeschenke. Zeigten diese Jugendlichen aber, was sie wirklich drauf hatten und fragten z.B. nach einer Starthilfe von Fr. 20'000.00 für den Bikeshop oder die Modeboutique, - war dann schnell fertig mit dem umworben sein. „Wo denken Sie hin"? „Das übersteigt unsere Möglichkeiten. Risiko viel zu gross!" Das wird jetzt alles ganz anders. Jetzt bekennt sich die Bank zum Erfolg. Und weil dieser mit persönlicher Beratung verbunden ist, wird solche Unterstützung doch gerne gewährt. Man hilft doch gerne zum Erfolg. Wenn der dann eintritt, kann die Bank ja wieder persönlich anlageberaten. Bei der Versicherung ist es dasselbe. Man sorgt sich jetzt um Menschen, nicht um Kunden. Also ist die Beratung top, ehrlich, persönlich, umfassend und vor allem menschlich. Eben nicht für Kunden sondern für Menschen. Und wissen Sie was: Ich glaube ihnen (beiden, den Banken und den Versicherungen) ich glaube ihre Versprechungen, denn das Halten von Versprechungen gehört zur Menschlichkeit und zu dieser bekennen sie sich ja. Fazit: In Finanz- und Versicherungsangelegenheiten gehen wir glänzenden Zeiten entgegen.

Früher

Vor mir liegt ein Stapel Prospekte und Empfehlungen, die mich alle gesund und gesünder machen wollen: Stoffwechselanalyse, Triggerpunktbehandlung, Ayurvedische Massage, Neurofeedback, Gesichtlesen, Manualtherapie, Swingwalking usw, usw. Dazu noch Infit-und Outfit-beratung, Beautywellness, Medicalwellness, Spiraldynamik, Heilsteinberatung und vieles mehr. Ausserdem ein Riesenangebot für Geist - und Seelenheilung. Das ist alles gut und nützlich und hilft bestimmt vielen Menschen, also gar nichts dagegen einzuwenden. Es ist einfach zu bedauern, dass es all das nicht schon früher gegeben hat. Mit früher mein ich jetzt nicht das Mittelalter oder die Steinzeit. Nein einfach die Zeit vor zwei, drei Generationen wo Menschen noch 44 oder

48 Stunden pro Woche arbeiten mussten, die Feiertage noch nicht bezahlt waren, als es noch keine Krankenkassen und Sozialleistungen gab. Das ist doch noch gar nicht so lange her? Kannst du dir vorstellen, wie froh die gewesen wären, sie hätten mal ein Wochenende wellnessen können? Nach einer 6-Tagewoche mit 8-Stundentagen plus je 1 Stunde am Morgen zur- und am Abend von der Arbeit. Am Sonntag war auch nichts mit ruhen. Da mussten sie mindestens zweimal in die Kirche, wo sie hauptsächlich zu hören bekamen, was für Sünder sie seien. Aber wenn sie auch in der folgenden Woche wieder brav und fromm ihre Pflichten erfüllten, würden sie bestimmt im Jenseits mal reichlich belohnt werden. Eine alleinerziehende Mutter mit Kindern hatte bestimmt ein Burnout, sie wusste nur nicht, dass man das so nannte. Was hätten doch all die Therapien und Empfehlungen diesen Menschen geholfen. Was mich am meisten wundert? Warum ist die Menschheit von heute mit all diesen Errungenschaften nicht um ein Vielfaches glücklicher als die Menschheit von damals? Müsste sie doch sein! Aber nein. Die Menschen von damals waren keineswegs kränker, griesgrämiger und unzufriedener als die von heute. Ich kenne und kannte noch Menschen von damals und behaupte jetzt einfach, dass die ohne Wellness, ohne Neurofeedback, ohne Herzverankerung, ohne Feng Shui nicht unglücklicher waren als die Menschen von heute mit all dem. Hätten sie aber sein müssen! Logischerweise. Für Unterhaltung z. B. mussten sie auch noch selber sorgen. Sie turnten im Turnverein, sangen im Gesangsverein, spielten im Musikverein. Sie organisierten Feste und Unterhaltungsabende selber. O.K. Dafür mussten sie nicht twittern, facebooken, nicht mailen und SMS-en. Sie

mussten auch nicht jeden Abend „Mad man" und „Greys anatomie" gucken oder zum „Tatort" oder „Wetten dass" einschalten. Das ist wahrscheinlich die Antwort auf die Glücksfrage: Eine Stunde Unterhaltung selbst gestaltet, macht glücklicher als 10 Stunden konsumierte. Könnte ja sein!?

Freiheit

Ja die Freiheit der Kinder damals. Ich will ja kein Loblied auf die guten, alten Zeiten singen, sondern nur Unterschiede aufdecken und meine Gedanken darüber machen. Wir z.B. hatten die Freiheit, selbst zu entscheiden, ob wir auf den Baum klettern wollten oder nicht. Ob wir an einem Seil, das oben nur an einem Bäumchen befestigt war, die steile Felswand hochklettern wollten oder nicht. Die Entscheidung, als Weichei ausgelacht zu werden oder den Beinbruch zu riskieren konnten wir selber treffen. Mussten wir selber treffen. Es war ja niemand da, den wir um Rat fragen konnten. Es war auch niemand da, der uns das einfach verbot.

Fehlentscheide wirkten unter Umständen ein ganzes Leben lang nach. So oder so, positiv oder negativ. Was wir da, in völliger Freiheit, selbstverantworten mussten, als Kinder!? Keine Verbote, keine Ratschläge, keine Empfehlungen – totale Freiheit in Entscheidung und Verantwortung.

Und das schon ab 8 Jahren! Natürlich hatten wir auch Freiheitsdefizite. In der Schule, in der Kirche wurde oft das geringste Vergehen gegen Pflicht und Ordnung strengstens geahndet. Schlagen und körperlich Züchtigen (Ohrfeigen, Kopfnüsse, Tatzen, stehenmüssen, knienmüssen) war

Erziehern noch nicht verboten. Sie machten auch ordentlich Gebrauch davon! Aber eben... am Mittwoch-, Samstag- und Sonntagnachmittag war Freiheit total angesagt. Vorgefertigte, unfallsichere Spielgeräte gab es nicht. Die mussten wir uns selber basteln. Ein Brett über einen Baumstamm gelegt, ergab eine Wippschaukel. Bäche stauen, von Hand fischen, Hütten bauen...durften wir alles. Wir durften uns auch in die Finger schneiden mit dem Sackmesser, wir durften Knie aufschürfen, Füsse verstauchen, Hände verbrennen... alles in vollkommener Eigenverantwortung. Skifahren, Velofahren, Schlitteln durften wir noch ohne Helm und Schutzanzug. Übrigens – wurde die Helmpflicht eigentlich eingeführt, weil statistisch die Unfälle tatsächlich zunahmen, oder war es einfach eine vorsorgliche Massnahme? Die nach meiner Meinung eh nichts bringt. Weil... je mehr Schutzanzug, desto frecher und schneller wird gefahren, denn das gewinnen wollen, der Erste, der Schnellste sein, gehört doch zum Urtrieb des Menschen und nichts, auch kein Helm und kein betonierter Ganzkörperschutzanzug hält einen Jungen davon ab, alle Risiken einzugehen, um Sieger zu werden. Ausser die Entscheidungsfreiheit und die Eigenverantwortung. Frag mal einen Jungen von früher, der schon mal vom Baum gefallen, mit dem Velo gestürzt oder mit dem Sackmesser ausgerutscht ist, ob ihm das ein zweites Mal passieren würde? NIE und NIMMER! Für Eltern, die doch Ungemach und Schaden von ihren Kindern fernhalten wollen, tönt das zynisch und brutal, ist es aber nicht. Im Gegenteil: Es ist lupenreine Freiheit und Eigenverantwortung! Und erst noch totale Unfallverhütung?! Waren die Kinder früher unterbehütet? Sind sie heute überbehütet? Keine Ahnung. Es war einfach anders. Punkt.

Seen, Schiffe

Es fällt mir auf, dass auf Schweizer-Seen Schiffe mehrheitlich nicht auf dem Wasser, sondern an Land sind? Habe ich schon an mehreren Schweizer- Seen beobachtet Auch bei schönstem Wetter sind nur ein paar wenige Schiffe auf dem See. Warum mir das auffällt? - kann mir doch egal sein. Es ist das krasse Missverhältnis: Ein paar Schiffe auf dem See. Hunderte aber auf dem Trockenen. Das ist nicht übertrieben, es sind wirklich hunderte. Entweder schaukeln sie in Häfen hin und her, hängen in Bootshäusern oder liegen auf Wiesen herum. Elegante, schöne Boote, auf einer Wiese liegend, sind doch ein erbärmlicher Anblick. Zwar sind sie durch massgeschneiderte Bootsdecken geschützt und sicher - aber dafür wurden sie doch nicht gebaut! ich verstehe ja, dass die Bootsbesitzer nicht immer auf dem See sein können. Daher eine Idee: Warum organisieren Segel- und Yachtclubs kein «Boatsharing»? Die, die keine Lust und Zeit zum Segeln haben, überlassen ihre Boote denen die beides haben! Hauptsache die Boote sind in ihrem angestammten Element. Mobility- Sharing für Autos funktioniert doch auch! Ich habe keine Ahnung von Booten und vom Segeln versteh ich auch nichts. Das geht mich doch alles gar nichts an. Aber – dass Boote eher aufs Wasser gehören und Wiesen eher für Kühe und Schafe gedacht sind. Das stimmt schon? Oder!? Viele Boote werden auch in Zukunft auf den Wiesen bleiben. Da wird sich nichts ändern.

Sollte ich Kühe je auf dem Wasser sehen und Segelboote, die grasen, melde ich mich wieder! In Schweizer Häfen fällt mir noch etwas auf: Die vielen grossen, sehr grossen Boote. Fast nach dem Motto: „Je kleiner der See, desto grösser die Boote."

In Häfen am Mittelmeer oder Atlantik fallen die gar nicht auf, werden diese Schiffe nicht mal wahrgenommen. Da gehören sie hin und machen auch Sinn. Aber eben. Was an einem Ort auffällt, wird am andern nicht mal beachtet.

Und..., was ist mit den Halb-Armen?

Um den Begriff Halb-Arme zu erklären, muss ich zuerst den Begriff Ganz-Arme zu Hilfe nehmen. Ganz Arme sind für mich Gehörlose, Blinde und Menschen im Rollstuhl. Was sind dann Halb Arme? Dazu muss ich Beispiele nehmen: Lukas hat etwas abstehende Ohren und wird deswegen dauernd gehänselt. Annemarie hat rote Haare und Sommersprossen und wird deshalb immer wieder verhöhnt. Stefan hat einen etwas grösseren Umfang, ein Bäuchlein und wird deswegen gehänselt.

Nehmen wir mal an, Lukas hat ein gutes Selbstbewusstsein. Am Morgen, an dem ihn ein Hänseler fragt: "Wohin segelst du heute", gibt er zur Antwort: " Richtung Malediven, willst du backbord oder steuerbord mit segeln? Garantiert weiss der "Hänseler" keine Antwort und ist still. Also, wir gingen davon aus, dass Lukas ein gutes Selbstbewusstsein hat, um den Angriff kontern zu können. Woher kommt dieses Selbstbewusstsein? Woher kommen eigentlich Selbstvertrauen und Selbstbewusstsein? Annemarie könnte z.B. die dummen Sprüche von Dachstockbrand und Rostflecken kontern, wenn sie genügend Selbstvertrauen hätte. Dem Stefan gehen die dummen Sprüche von wegen Tambourenverein, wenn er doch schon eine Trommel hat, auch auf den Wecker. Mit Selbstvertrauen und Witz könnte er diese Sprüche auch kontern. Wobei Witz eine Folge von Selbstvertrauen ist, denke ich.

Anderes Beispiel: Herr Bütikofer wäre gerne Schreiner geworden Aus durchaus normalen, verständlichen Gründen hat er eine kaufmännische Lehre gemacht und arbeitet heute als

Angestellter in einer grossen Firma. Er ist Chef in der Debitoren- Kreditoren- Abteilung, ist verheiratet, hat 2 Kinder, Auto, Einfamilienhaus, alles eigentlich in Ordnung und OK. Jeden Morgen, wenn er zur Arbeit fährt, muss er aber an einer Schreinerei vorbei, riecht das Holz, hört die Hobelmaschine und denkt jeden Morgen, könnte ich doch nur in dieser Schreinerei arbeiten, Tische, Stühle, Schränke machen, statt Debitoren und Kreditoren eintippen. Wäre das ein Leben. Ähnlich geht es der Frau Meile. Nur dass sie gerne Kindergärtnerin geworden wäre, und nicht Kassierin im Grossverteiler. Auch sie muss dummerweise jeden Morgen an einem Kindergarten vorbei, auf dem Weg zu ihrer Kasse.

Hier geht es, meine ich, eindeutig um Selbstvertrauen und Selbstsicherheit. Wo wird einem das vermittelt? Der Herr Bütikofer fragt sich doch immer wieder, meist in fortgeschrittenem Alter. hätte ich doch…, was wäre, wenn ich genügend Selbstvertrauen gehabt hätte und die Ausbildung zum Schreiner trotzdem gemacht hätte. Vielleicht hätte ja meine Frau mich nicht verlassen und meine Kinder mich nicht ausgelacht, vielleicht hätten sie mich ja sogar unterstützt, denn auch Frau und Kinder haben doch lieber einen zufriedenen und glücklichen Schreiner zuhause als einen unzufriedenen, unglücklichen Computertöggeler. Also, dieses verflixte Selbstvertrauen. Wo kommt das her? Wie kann man es erwerben? Einmal dachte ich, das ist wie bei der Musikalität. Entweder man ist musikalisch, oder man ist es nicht. Bis ich hörte, dass eigentlich jeder Mensch musikalisch ist. Also ist dann auch jeder mit Selbstvertrauen gesegnet? Zur Stärkung des Selbstvertrauens gibt es tausende von Möglichkeiten. Aber stärken kann man ja nur etwas Vorhandenes und wenn nichts vorhanden ist, was dann? Dass man Selbstvertrauen und Selbstsicherheit nicht lernen kann, entnehme ich der Tatsache, dass noch niemand sich an dieses Geschäft gewagt hat. Wenn ich davon ausgehe, dass sich jeder Dritte der Menschheit das aneignen würde, wären das 2,5 Milliarden Menschen. 2,5 Milliarden potenzielle Kunden, würde sich doch kein Investor entgehen lassen. Also, man kann Selbstvertrauen und Selbstbewusstsein sich nirgendwo aneignen! Für den Lukas, die Annemarie und den Stefan ist das nicht so schlimm. Die finden schon eine Möglichkeit, ihren "Hänselern" den Mund zu stopfen. Aber was ist mit dem Herrn Bütikofer und der Frau Meile? Die gehören dann eben zu den Halb-Armen, denen man nicht ansieht, dass sie an etwas tragen, das niemand sieht. Sie können dann höchstens den Ganz-Armen irgendwie helfen und ev. so ihre Halb-Armut erträglicher gestalten.

PS: Die Namen in diesem Schreiben sind reine Fantasienamen und haben mit allfällig lebenden Personen rein gar nichts zu tun

Nachtrag: Halt Stop zurück an den Start

Man kann es doch lernen! Das Selbstbewusstsein. Das sagt der Herr Alain De Botton, und der ist bedeutend gescheiter als ich. Das meine ich jetzt im Ernst und nicht etwa ironisch. Er ist Schweizer, Philosoph, Bestsellerautor, lebt in England und hat dort die "School of life" gegründet. Herr De Botton ist wirklich ein gescheiter Mann. Und eben dieser Herr De Botton sagt, dass Selbstbewusstsein eine Fähigkeit ist, die man lernen kann und man nicht auf ein Geschenk der Götter angewiesen ist. Es könne systematisch erforscht und nach und nach erlernt werden. Das sind doch gute Nachrichten für Lukas, Annemarie und Stefan und vor allem auch für den Herrn Bütikofer und die Frau Meile. Aber lernen müssen sie es trotzdem selber! Und allen Menschen, die an mangelndem Selbstbewusstsein leiden, gilt die frohe Nachricht: Man kann es lernen.

3.0 **MILITÄRGESCHICHTEN**

So nutzlos sind doch Militärmusiker gar nicht...

Bei meinen Episoden aus der "militärischen Laufbahn" erscheinen diverse Ausdrücke, die für Nichteingeweihte unverständlich sind. Daher hier eine kurze Erklärung:

Spiel: -militärische Musikformation
RS: -Rekrutenschule
WK: -Wiederholungskurs
HV: -Hauptverlesen, (abendlicher Tagesbefehlrückblick vor dem Ausgang, sofern stattfindend).
ID: -Innerer Dienst: ALLES putzen: (Schuhe, Kleider, Essgeschirr, Werkzeug.)

Ein Militärfanatiker war ich nie. Ich meine so einer, der mit Holzgewehren gegen einen fiktiven Gegner losging oder mit Bleisoldaten historische Schlachten nachstellte. Aber Militärdienst wollte ich machen. Eine Rekrutenschule durchstehen, wollte ich. Mit dem Willen zum Militärdienst waren aber bei mir im Unterbewusstsein Wünsche verbunden. Der Militärdienst sollte möglichst viel zivilen Einschlag haben und mit persönlichem Nutzen verbunden sein. Das Militärspiel schien mir die ideale Lösung zu sein, auch weil man zusätzlich zum Hilfssanitäter ausgebildet wurde. Musik und erste Hilfe, zwei überzeugende Argumente denke ich! Nach bestandener Prüfung wurde ich in ein RS-Spiel aufgenommen. Etwas fiel mir schon am ersten Tag auf: Militär ist furchtbar laut. Da wird alles geschrien. Befehle werden geschrien, Befehl verstanden wird geschrien. Alles in einer, meiner Ansicht nach, unangebrachten Lautstärke. Als ob Lautstärke Argumentation übertönen müsste. Manchmal hatte ich sogar den boshaften Gedanken, ob es möglich wäre, dass der vielgehörte Ausdruck «Primatengebrüll» womöglich hier entstand?

Wichtiger Hinweis: Alle folgenden Episoden aus meiner aktiven Militärdienstzeit haben sich in der zweiten Hälfte des vorigen Jahrhunderts abgespielt, also ungefähr zwischen 1950 und 1990!

Wenn man meint die Spiel-RS sei eine Schoggi-RS täuscht man sich. Ausser Schiessen, macht man auch als Trompeter eigentlich alles mit was zu einer RS gehört. Die Kampfbahn kennen wir auch, die Märsche ebenfalls. Zugschule machten wir wahrscheinlich 5x mehr als andere.

Kurz und bündig: Ich kam auch auf 330 Diensttage und wurde dann mit 50 aus der Wehrpflicht feierlich entlassen, unter bester Verdankung der geleisteten Dienste (das steht so im Dienstbüchlein!) und Händedruck eines Regierungsrates. Ich fühlte mich immer als vollwertiger Soldat, wenn auch nicht als fanatischer.

Nutzlos! - Wieso?

Das Verdikt nutzlos bekamen wir schon früh zu hören. Schon in der ersten Verlegung noch in der RS. Wir waren zu Gast bei einem Regiment. Wir sollten zu Beginn des WK's die Fahnenübergabe musikalisch begleiten.

Alles stand bereit: Das Regiment, die Fahnenwache, das Spiel. Da geschah etwas, mit dem offensichtlich niemand rechnete: Ein sehr hoher Offizier brauste heran. Wie hoch der Offizier war, wusste ich nicht, ahnte es nur. Es musste ein sehr hoher sein! Denn er brauste nicht im Jeep heran, nein im Chevrolet mit Chauffeur. Er trug Ledermantel und Handschuhe. Seine Kopfbedeckung war umrahmt von einem breiten, schwarzen Rand, bestickt mit goldenem Efeu. In einem Regiment hat es unglaublich viele Offiziere. Die knallten alle die Hacken zusammen und grüssten militärisch den hohen Gast. Dieser stellte sich vor das Regiment, zeigte mit der Hand auf uns und sagte in etwa folgendes: "Er hätte sich schon immer gefragt, wozu Militärmusik gut sein sollte. Das sei doch völlig überflüssig und absolut sinnlos. Im Kampf gegen einen Feind nicht zu gebrauchen und daher Nutzen gleich null. Aber da nun diese Nutzlosen schon mal hier seien, müsse man halt ihre Darbietungen wohl oder übel über sich ergehen lassen." Was er sonst noch an dieser Stelle an diesem Morgen zu tun hatte, war mir nicht klar. Er grüsste noch kurz die Fahne des Regiments und brauste wieder davon.

Erst wollte ich wütend werden über so viel Missachtung unserer Aufgabe. Dann dachte ich, das kommt dir doch entgegen, wenn du möglichst viel Ziviles im Militärdienst haben willst. Dieser sehr hohe Offizier verschafft dir doch ein Alibi für deine Absichten: "Wenn schon nutzlos draufsteht, darf auch nutzlos drin sein!"

Ein anderes Problem zeigte sich gleich danach. Eines, das während meiner Dienstzeit immer wieder auftauchte. Das gespannte Verhältnis zwischen Fahnenwache und Spiel. Die Fähnriche beklagten sich immer wieder, wir würden den Fahnenmarsch nicht im richtigen Tempo spielen. Fahnenträger waren stolze Leute. Sie sahen auch gut aus in ihren Uniformen mit den vielen rotweissen Kordeln und Schnüren. Sie waren überzeugt von sich. Da gab es natürlich nichts Schlimmeres, als wenn sie sich blamierten. Das taten sie, wenn sie vor dem Regiment stolz marschieren sollten, aber auf der holprigen, unebenen Wiese stolperten und aus dem Tritt fielen. Daran war dann eben das Spiel schuld, weil es den Fahnenmarsch zu schnell spielte. Sie beklagten sich dauernd beim Spielführer. Der erklärte ihnen, er hätte sich musikalisch genau an das vorgeschriebene Tempo zu halten und wenn der Herr Fahnenträger nicht marschieren könne, sei nicht das Spiel schuld. Wobei, der Fähnrich hatte nicht mal so unrecht. Es war eine der subtilen Geheimwaffen die Trompeter hatten: Den Fahnenmarsch nur eine Spur schneller spielen als vorgeschrieben und der tolle Fähnrich kam ins Stolpern und blamierte sich. Ich weiss, Schadenfreude ist auch eine Freude und die hatten wir und gönnten sie uns immer wieder. Kleine Freuden erheitern das Leben, im Militärdienst besonders wichtig! Es kam ja niemand zu Schaden.

Episode Nachtübung

Es galt folgende Aufgabe: In einem dunklen Bachtobel bei strömendem Regen Kochstelle einrichten. Feuerschein und Rauch sollte vermieden werden, zwecks Irreführung des Feindes. Jeder Zug der Stabskompanie stellte eine Gruppe. Da waren also die Mot.fahrer, die Grenadiere, die Nachrichteler, die Sanität und das Spiel. Jede Gruppe fasste Teigwaren, Speck, Bundesziegel (Militärbisquits) und Lindenblütentee. Damit sollte eine warme, geniessbare Mahlzeit gekocht werden, die bewertet wurde. Die Gruppen stürzten sich ins dunkle Tobel und begannen an ihrer Kochstelle zu buddeln. Die Gruppe Spiel überlegte kurz, steuerte das nahegelegene Bauernhaus an, verhandelte kurz mit der Bäuerin und sass zehn Minuten später in der warmen Küche. Die Bäuerin bekam alle unsere Lebensmittel. Dafür kochte sie uns Rösti mit Spiegelei und Milchkaffee.

Nach drei Stunden kamen die Schiedsrichter zur Punkteverteilung. Da mussten wir wieder Häme über uns ergehen lassen. Natürlich wieder die Gruppe Spiel. Alle anderen mühen sich ab in Kälte und Nässe - nur das Spiel sitzt gemütlich in einer warmen Küche. Dabei bedachten sie nicht, dass wir 1. am besten verpflegt waren 2. ausgeruht waren und 3.fürs Weiterkämpfen am bereitesten waren. Wenn, ja wenn wir nicht nutzlose Trompeter gewesen wären, die man ja fürs kämpfen nicht brauchen kann. "Nützlichen" Füsilieren hätte man einen Orden verliehen. Uns verspottete man. Aber eben, militärische Logik und gesunder Menschenverstand sind selten deckungsgleich. Hauptsache, die Nachtübung war überstanden!

Episode 20 Km-Marsch

Der Tagesbefehl war kurz: 20 km-Marsch mit leichtem Gepäck. Das heisst an diesem Tag steht nichts anderes an als dieser Marsch. Man kann den ganzen Tag dafür nützen. Carpe Diem! Es gab natürlich schon welche, die einen neuen Rekord aufstellen wollten. Die Grenadiere z. B. rannten los wie die Feuerwehr. (das sind sowieso die Verrücktesten der Verrückten) Die waren bestimmt vor dem Mittag wieder zurück! Mussten dafür am Nachmittag Kochkisten waschen und Velo putzen. Selber schuld! Die Gruppe Spiel war da ganz anders. Wir hatten einen Einheimischen dabei. Der kannte natürlich diverse Beizen und Bauernhöfe in der Gegend, wo wir uns verpflegen konnten. Meist wurden wir eingeladen. Die offiziellen, militärischen Kontroll- und Verpflegungsposten wären eh schon aufgehoben gewesen, als wir sie besuchen wollten. Wir kamen genau zur richtigen Zeit zurück. Kurz ID, dann HV mit Rangverkündigung.

Da mussten wir uns wieder mit Spott und Häme abfinden. Eine Gruppe des Spiels sei über drei Stunden nach Kontrollschluss im Ziel eingetroffen. Was die wohl den ganzen Tag gemacht haben? Nichts weiter, als einen militärischen 20 km-Marsch in eine schöne, gemütliche Herbstwanderung umgewandelt.

Episode Konzert

Die empfand ich als besondere Erlebnisse. Die Konzerte und Ständchen. Besonders die in Spitälern, Alters- und Pflegeheimen. Für mich persönlich beeindruckend und berührend waren Besuche in Heimen für behinderte Menschen. Da war man selbst mit seinem aktuellen, militärischen Dasein zufrieden. Schon fast glücklich, dass man das tun konnte, mit Betonung auf konnte. Dann war da die Freude in den Gesichtern dieser Menschen, das strahlende Lachen und zufriedene Lächeln. Da fühlte ich mich tatsächlich glücklich und stolz, dass ich dazu einen Beitrag leisten konnte. Das waren Momente, wo ich nie überzeugter war, der richtigen Truppe anzugehören Da kam auch schon mal folgender Gedanke auf, ich geb's zu: Was ist jetzt sinnvoller, wenn nutzlose Militärmusiker und Tambouren Menschen zum Lächeln bringen, oder wenn stramme, pflichtbewusste, nützliche Kämpfer und Landesverteidiger Handgranaten in stillgelegte Kiesgruben schmeissen? Was für eine dumme Frage, höre ich. Hat ein Lächeln im Gesicht eines Menschen schon je einen Feind vernichtet?

Eine Handgranate aber gleich zehn aufs Mal, und das ist doch der Zweck einer Armee. Ich bleibe trotzdem bei meiner Grundeinstellung. Es scheint mir grundsätzlich erstrebenswerter Menschen zum Lachen zu bringen, als sie zu vernichten. Hier noch eine persönliche Bemerkung zu den Ständchen bei behinderten Menschen. Das beste und liebste Publikum waren für mich Menschen mit Downsyndrom. Die sind so spontan, fachkundig, liebenswürdig, fröhlich – einfach das beste Publikum. Habe ich nicht nur im Militär festgestellt, nein auch im Zivilverein. Und wenn man mit diesen Menschen ins Gespräch kommt, ist plötzlich nicht mehr so sicher, wer jetzt eine Behinderung hat?!

Konzerte in einem Saal gelten ja für Trompeter und Tambouren als «Schoggijob». Das dachte ich auch, bis ich das Gegenteil erlebte. Früher mussten Konzerte zum Teil noch stehend gespielt werden. Landeshymne und Zapfenstreich sogar mit Helm auf! In einem geheizten Saal mit Publikum wurde es ganz schön heiss. Total verschwitzt nach dem Konzert im offenen Camion bei Minusgraden noch eine Stunde zurück in die Unterkunft zu fahren, war echt kein Vergnügen.

Militärspiele wurden in der Regel geleitet von zwei Spielführern. Einen, den man mochte - und einen andern. Beim einen klappte alles wie am Schnürchen, musikalisch wie militärisch. Beim andern hatte man als Trompeter und Tambour so kleine, fiese Mittel um ihn leerlaufen zu lassen. Diese Mittel waren zum Teil wirklich gemein, wurden aber angewendet.

Zum Beispiel, wenn die eine Hälfte Marsch Nr. 9 spielt, die andere Hälfte Marsch Nr. 3. Da hilft dann nur noch plötzliches Aufhören. Aber wie soll man denn das auseinanderhalten, wenn der Spielführer Marsch Nr. drüü ansagt, die eine Hälfte aber Marsch Nr. nüü versteht? Da können doch Trompeter und Tambouren nichts dafür, wenn der sich so undeutlich ausdrückt. Ein anderes Beispiel ist das Aushalten von Notenwerten. Eine ganze Note (4 Schläge) oder eine halbe Note (2 Schläge) bricht man einfach bei 3,75 resp.1.75 ab und wirft dann dem Dirigenten vor, er hätte die Werte nicht ausdirigiert. Musiker sind nie schuld. Es ist wie beim Reiten. Das Pferd ist nie schuld. NIE.

Episode Manöver

Dass Unteroffiziere von Offizieren zusammengestaucht werden, weiss man. Die Unteroffiziere geben das weiter an die Mannschaft. Das normale Velorennfahrerprinzip Oben buckeln nach unten treten. Soweit alles bekannt. Aber dass das gleiche Prinzip auch in den oberen Etagen angewandt wird, wusste ich nicht. Folgende Situation: Manöver, weites Feld, Wiesen, Äcker Viehweiden. Überall Geballer, umherirrende Soldaten, die Häuser einnehmen oder verteidigen, Handgranaten und Flammen werfen. Mittendrin etwas verloren wir als Sanitäter auf der Suche nach Verwundeten. Mittendrin im ganzen Chaos ein hoher Offizier. Offenbar der Regimentskommandant. Ist das ein Oberst? Ich weiss es echt nicht. Ein Regimentskommandant ist ein Oberst und gekennzeichnet mit drei breiten Goldstreifen? Ein Bataillonskommandant ist ein Major mit einem breiten Goldstreifen? Ich geh mal davon aus, dass das stimmt. Sonst kann ich nicht weitererzählen. Aber sichere mich ab. Diese Angaben sind wie immer ohne Gewähr! Also der Oberst schreit laut in die Gegend hinaus: Major XY im Laufschritt daher! Der Major XY kommt tatsächlich im Laufschritt daher. Leichtfüssig überspringt er Hindernisse und pflanzt sich mit sämtlichen militärischen Ehrerbietungen vor dem Oberst auf. Dieser brüllt den Major XY ziemlich wütend an. Wir sind leider zu weit weg, wir können nur Bruchstücke der Schelte verstehen. Ernstfall, Befehl, Saustall, Trottel, kann ich aus dem ganzen Wortschwall deutlich hören. Der Major XY verlässt den Ort des Geschehens nicht mehr im Laufschritt, sondern ganz gebückt, nachdem der Oberst sein „Abtreten" geschrien hatte. Da habe ich wieder so einen Gedanken, den man eigentlich nicht haben sollte: Der Oberst ist in Zivil ein sehr hoher Banker, der Major ein ETH - Professor. Mein unerlaubter Gedanke ist: Wäre doch möglich, dass sich diese zwei nach dem WK in zivilem Rahmen treffen. Bei einer Vernissage, Einweihung, Premiere, im Theater, ev. sogar mit ihren Ehefrauen. Wie begegnen sich die zwei Männer dann? Ich stelle mir das nicht so ganz einfach vor, nach Trottel und Saustall?!

Episode Kommandant

Ein Kompaniekommandant ist ein Hauptmann. Davon gibt es verschiedene Ausführungen. Davon hatten wir in einem WK einen speziellen Fall. Früher hiess es, das Militär wäre eine hervorragende Führungsschule. Das wollte mir überhaupt nie einleuchten. Im Militär kann man doch befehlen. Auf Befehlsverweigerung stehen harte Strafen. Also muss man nicht überzeugen, nicht argumentieren, nicht motivieren, man kann einfach befehlen. Das nennt man doch nicht Führung? Der Kommandant den ich erwähnte kannte das Wort m. E. jedenfalls nicht. Da war jeden Morgen das gleiche Theater. Der Kadi (Kommandant) trat vor die Soldaten verlas den Tagesbefehl und nannte dann die Sünden: Im Schlag der Mot.fahrer stehen 2 Paar Schuhe falsch. Gummisohlen links, Nagelschuhe rechts, nicht umgekehrt. Bei den Grenadieren hängen 3 Frottiertücher verkehrt, Öffnung nach rechts statt nach links. Beim Spiel sind an 4 Rucksäcken die Lederriemchen nicht verschlauft. Vor der Eingangstür seien heute Morgen 14 Zigarettenstummel gefunden worden. Bei einem Rundgang durchs Dorf wären ihm gestern 3 Gruppen begegnet, die nicht in Formation und im Schritt marschiert wären und 2 Leute hätten die Mütze nicht aufgehabt. Alles fein säuberlich notiert und gerügt. Dafür Organisation gleich null. Bei jeder Dislozierung, bei jeder Übung das gleiche Chaos.

Fahrzeuge fehlen, Material fehlt, Nachschub und Verpflegung klappt nicht. Aber der Herr Hauptmann hat ja so gute militärische Qualifikationen, dass er im folgenden Jahr zum Major befördert wird. Im folgenden WK hatten wir einen Oberleutnant als Vertretung. Dieser konnte sich erlauben in normaler Lautstärke zu befehlen. Er wünschte einen guten Tag, viel Vergnügen im Ausgang und sogar schönen Urlaub. Die Organisation war hervorragend. Da fehlte nie etwas. Nur eine Beförderung konnte man nie vornehmen, wohl wegen mangelnder Durchschlagskraft des Offiziers.

Woher ich das alles weiss? Der Computer hielt Einzug auch in der Armee und ein Kollege war darin Spezialist. Er wurde in die Kommandozentrale berufen und erzählte uns das Eine und Andere.

Episode Sanität

Wir mussten ja zur Rechtfertigung unserer Existenz auch Einsätze als Hilfssanitäter leisten. Dazu wurden Gruppen von 5 -6 Leuten gebildet, die Verwundete (supponierte) bergen und in ein Verwundetennest transportieren mussten. Diese Verletzten wurden in der Regel auf eine Bahre gelegt, mit Bändern gesichert und so transportiert. Damit das uns etwas leichter fiel, baten wir die Verletzten doch bitte neben der Bahre herzugehen und nur an den Offizieren und Schiedsrichtern vorbei auf die Bahre aufzuspringen und sich tragen zu lassen. Die meisten machten das ohne weiteres mit. Aber auch da gab es solche, die dachten, sie hätten ein Anrecht aufs getragen werden. Für dieses Denken hatten wir ein probates Gegenmittel: Auf die Bahre legen, vorschrifts- und ordonnanzmässig richtig festbinden, Bahre um 180 Grad drehen und in einer Pfütze oder im Schnee platzieren. Zwei, drei-mal angewendet und wir hatten nie mehr Probleme beim Transport von Verwundeten.

Die Verwundetennester richteten wir meist in einem Bauernhof oder Handwerksbetrieb ein. In einem Verwundetennest wurden die Verletzten von einem Arzt nach Schwere der Verletzung eingeteilt und weitergeleitet. In einem kleinen Dorf waren wir mal bei einer älteren Dame einquartiert.

Die stellte uns geeignete Räume zur Verfügung und überliess uns sogar einen geheizten, privaten Aufenthaltsraum. Die Dame umsorgte uns eine ganze Woche lang, deckte uns täglich mit Guetzli und Kuchen ein, liefe rte uns Zeitungen und Heftli, mit einem Wort, die Dame war zauberhaft. Da wollten wir uns doch erkenntlich zeigen und auch ihr etwas Gutes antun. Wir übernahmen für sie die Gartenarbeit. Umstechen, mähen, jäten, Tomaten und Bohnen aufbinden usw. All das machte man natürlich in Hose und aufgekrempelten Hemdärmeln. Das war ein Fehler, ein militärischer Fehler. Irgendein hoher Offizier oder Schiedsrichter klagte bei einer höheren Stelle wegen unmilitärischem Verhalten. Bei dieser höheren Stelle musste es zumindest einen vernünftigen Menschen gegeben haben. Wir bekamen eine Verwarnung und durften das unmilitärische Verhalten weiterführen. Hätten wir so oder so gemacht. Wir waren uns einig. Anstand und gesunder Menschenverstand steht über militärischem Verhalten.

Als Hilfssanitäter wurde man in Gruppen einer Kompanie zugeteilt. Die Kommandanten sollten Verwundete markieren um uns zu beschäftigen. Das machten sie nicht gern. Es verminderte ihre Feuerkraft im Manöver.
Dadurch hatten wir wenig zu tun. Wir machten uns selbstständig. Wir richteten eine Versorgungsstelle für echt Verwundete ein. Da pflegten wir hauptsächlich Erkältete. Wir boten nicht nur ordonnanzmässige Inhalationen mit gewöhnlichem Wasserdampf an, nein, wir besorgten Vicks Vaporub für die Inhalationen, verteilten Hustenbonbons und halfen, sogar mit ASPIRIN. Alles auf eigene Rechnung.

Eine weitere Hilfestellung war besonders beliebt. Wir übernahmen Wachablösungen, damit die Wachmannschaft zu mehr Schlaf kam. Nach irgendwelchem Recht oder einer militärischen Regel hätten wir das nicht machen dürfen, als Waffenlose. Aber in einem getarnten Unterstand stehen oder sitzen, konnten wir auch ein Gewehr halten, konnten wir auch, wir konnten sogar „Halt, wer da?‚ rufen. Einem Unbekannten die Knarre vor die Brust halten und einen Ausweis verlangen, hätten wir alles auch gekonnt. Hauptsache, die richtigen Wachsoldaten hatten so ein paar Stunden mehr Schlaf. Bei denen waren Trompeter und Tambouren sehr angesehen.

Episode Soldatenlieder

Bei Vorträgen, Orientierungen, Zusammenkünften, immer wenn die ganze Kompanie versammelt war, wurden Spielleute beauftragt, ein Lied anzustimmen. Wahrscheinlich traute man uns am ehesten zu, die richtige Tonlage zu treffen. Im Prinzip machten wir das gern. Wir hatten nur etwas gegen diese martialischen, militärischen Texte. „Blumen am Wege so rot, morgen schon bleich und tot‚ oder das Lied vom Korporal, der nicht erschossen sondern gehängt wurde, nur weil er ein schwarzbraunes Mädel liebte, solche Texte weigerten wir uns zu singen. D.h. wir stimmten sie einfach nicht an. Stattdessen begannen wir mit „ Vo Luzern gäge Weggis zue‚ oder „sRamseiers wei go grase‚ oder vielleicht auch mal „ Die Fischerin vom Bodensee‚ oder „Ich han en Schatz am schöne Zürisee‚ Nach zweimal solche Lieder anstimmen, wurde uns befohlen, welcher Titel zu singen war.

Übrigens das Lied vom Unteroffizier der eben nicht erschossen sondern nur gehängt wurde, weil er ein Mädchen liebte, schien den Damen des FHD besonders zu gefallen. Sie sangen das jeden Morgen schon um halb sieben in den Strassen des Dorfes beim Marsch von der Unterkunft zum Morgenessen

Episode Ernstfall

Ich will nicht von einem speziellen Ernstfall berichten, der Begriff Ernstfall allgemein interessiert mich, d.h. störte mich. Dieser Begriff wurde zu meiner Militärzeit m. E. zu inflationär benutzt. Dabei, behaupte ich, wusste kein einziger Schweizersoldat was ein Ernstfall überhaupt ist. Kann man glücklicherweise gar nicht wissen, weil man so einen grauenvollen Vorfall noch nie erlebt hat und gar nicht wissen kann, wie man auf so etwas Furchtbares reagiert. Um auszudrücken, was ich meine, muss ich die Gegenwart zu Hilfe nehmen: Eine syrische Familie aus Aleppo weiss, was ein Ernstfall ist. Aber bei uns wurden Ernstfälle noch und noch geübt. Eine Ernstfallübung am Vormittag,- um 12 Uhr Mittagessen, eine Ernstfallübung. am Nachmittag,- am Abend Bier im Ochsen. Damals hiessen die Ernstfallübungen ABC-Übungen. A= Atomare Bedrohung, B= Biologische Waffen, C= Chemische Waffen. Bei einer A-Übung hiess es: Gasmaske an und Helm auf, Militärpelerine überziehen. Nach dem Angriff Atomstaub von Kleidung abbürsten, mit der Kleiderbürste aus dem Mannsputzzeug, das ja immer auf dem Mann sein muss, darum heisst es doch so! Das wiederum war dann bei jeder Inspektion ein Schikaneargument, wenn Mannsputzzeug nicht auf dem Mann war = 2Tage Ausgangssperre, weil die Kleiderbürste ja ein Relikt einer lebensrettenden Massnahme sein konnte. Also so ein atomarer Ernstfall war wie ein milder Frühlingsregen, bei dem man den Schirm aufspannt und nachher wieder schliesst.

Armeespiel heute

Die heutige Militärmusik darf man nicht vergleichen mit der früheren. Das sind zwei völlig verschiedene Welten. Die heutigen Formationen, von der Big-Band über die Brassband, bis zum sinfonischen Blasorchester sind musikalische Spitzengebilde. Wir waren Amateure, heute sind es Profis. Die Befriedigung dabei zu sein ist aber hoffentlich noch die gleiche. Die Argumente gegen die Militärmusik sind ja wahrscheinlich auch noch die gleichen. So einen «Herr sehr hoher Offizier», wie anno dazumal, gibt es sicher auch heute noch. Nur nicht hinhören,- weitermachen!

Das kann doch mal passieren...

.....dass an einer Hose ein Knopf fehlt. Dann bittet man seine Frau, diesen wieder anzunähen. Sie meint aber, das hast du sicher im "Dienscht" (Militärdienst) gelernt, also könntest du es auch selber machen! ---
Von wegen gelernt? Das Problem löste man auf andere Weise, militärisch korrekt: Hose unbrauchbar machen! Rotwein oder Kaffee darüber leeren. (Man weiss doch, die ungeschickte Serviertochter im Rössli, der Tischnachbar beim Morgenessen), noch besser war ein richtiger Schranz in der Hose (leider, hängen geblieben an einem Stacheldraht!) Also ins Zeughaus, neue Hose fassen. Da waren dann sicher auch alle Knöpfe dran! Was das erwähnte Nähzeug betrifft: Da hat meine Frau schon recht, das gibt es, aber Knöpfe angenäht habe ich jedenfalls nie damit. Das war reines Vorzeigeobjekt. Bei einer Auslegeordnung (Inspektion) wurde es gebraucht. Auf einer

Blache ca. 2 mal 2 m, wahrscheinlich 1,925 mal 1,925 m wegen militärischer Geheimhaltung, musste die ganze persönliche Ausrüstung ausgebreitet werden: Rucksack, Effektensack, Brotsack mit grünem und weissem Baumwollsäcklein, Helm, Bajonnett, Gamelle, Feldflasche, Essbesteck, Messer, 2 Paar Schuhe, ein Paar mit Gummisohle, ein Paar genagelt, Wenn ein Nagel fehlte, musstest du einen guten Grund haben, um nicht zwei Tage Kiste zufassen und eben dieses Nähzeug, versteckt im Mannsputzzeug. Dieses "Mannsputzzeug" war ein Futteral aus starkem Stoff und enthielt eine Schuhbürste, eine Kleiderbürste, ein Anstreichbürsteli und eine Dose Schuhfett. Im Nähzeug war ein grüner Faden, eine Nähnadel und Knöpfe. Einen Knopf durfte man nicht einfach so entnehmen. Der wurde einer strengen Prüfung unterzogen, der eidgenössischen Militärknopfprüfungsverordnung EMKPV. Das machte auch Sinn. Nicht auszudenken, wenn man die subatomare Manipulation oder den Microchip in einem der Knöpfe nicht entdeckt hätte. Das hätte genau so schlimm enden können wie in Mani Matters Zündhölzlidrama.

Nonsens-Geschichte

Das Wasserrad trifft einen Hamster und fragt ihn: Liebst du mich? Den Hamster kümmert das nicht gross. Er dreht weiter in seinem Trockenrad. Das Wasserrad ist traurig und tröstet sich mit der Bettlektüre von Simm Bling Bling.